There are more things in heaven and earth, Horatio,
Than are dreamt of in your philosophy.

Es gibt mehr Ding' im Himmel und auf Erden, Horatio,
Als eure Schulweisheit sich träumen lässt.

William Shakespeare, Hamlet

Diese Publikation ist urheberrechtlich geschützt. Alle Rechte vorbehalten. Die Verwendung der Texte (auch auszugsweise) ist ohne die schriftliche Zustimmung des Verlages rechtswidrig und wird straf- und zivilrechtlich verfolgt. Dies gilt insbesondere für die Vervielfältigung, die Übersetzung oder die Verwendung in elektronischen Systemen.

© Text-Autor: Journalist Günter Baumgart, Dr. phil.
© Covergestaltung: büro quer kommunikationsdesign / buero-quer.de
© Copyright 2014 Herausgeber: Armin Koch Verlag / fachportal24.de

Mit Zauberei hat das nichts zu tun!

Ein langes Gespräch
mit dem Schweizer Naturarzt Natale Ferronato

Verlag Armin Koch / fachportal24.de

Inhaltsverzeichnis

	Seite
Biographisches zu den Gesprächspartnern	6
Zwei „Leitungen" nach Brasilien	8
Letztlich ist es pure Physik!	15
Bei Naturvölkern ist es etwas ganz Normales	17
Kaum etwas für „Kopfgesteuerte"!	22
Entfernungen sind da keine Barrieren	26
Der Tensor selbst „weiß" gar nichts	28
„Es funktioniert, aber fragen Sie mich bitte nicht wie!"	32
Alles schwingt und sendet Schwingungen aus	36
Braucht's denn „Herr Meier" wirklich?	39
Die Natur scheint mit dem Kopf zu nicken, wenn sie „Ja" sagt	44
Systematische „Großfahndung" nach den Defekten	47
Fast jedes dieser Medikamente ist ein Unikat	52
Senkrechtmessung – Konvention Ferronatos	55
Bedrohliches ist nicht immer auch prioritär!	57
Das entscheidende Glied einer ganzen Kette	60
Auch die Zeit ist überbrückbar!	63
„Alte Sünden" fordern lange ihren Tribut	64
„Verschachtelte" Prioritäten im Visier	67
Vor allem nicht schaden!	69
Wenn der „Sensus" nicht bei Laune ist	71
Die „Crux" paralleler Therapien	74
Heilung ist immer eine Selbstreparatur	76
Die Patienten nicht „zu Boden therapieren"!	78

„Herr Meier, Reaktionsenergie, 100 Prozent" 81
Bei nur 30 Prozent droht schon Lebensgefahr! 83
Ein Glas gutes Wasser wirkt oft Wunder 85
Leise Hilferufe des Körpers 88
Wegbereiter für die gründlicheren Diagnosen 94
„Ich schaute mir die Leute an." 96
Eingangstore auch für eine Therapie 100
Der Natur nicht diktieren, sondern zuhören! 104
Echte Krebsvorsorge gilt frühen Störungen 110

Nachwort des Verfassers 114

Kleines Glossar 123

Anhang:

Dem gesunden Menschenverstand mag es schwerfallen, ...
    Die Position einer Physikerin 125

Im Spielfeld des Magnetismus
    Ein aktuelles Interview aus 2007 127

Biographisches zu den Gesprächspartnern

Natale Ferronato, geboren 1925 in einem kleinen italienischen Ort in der Nähe Mailands, verbrachte seine Kindheit und Jugend in Zürich. Er hatte das Glück, zweisprachig aufzuwachsen – ein guter Grundstein für sein später ungewöhnliches Sprachtalent. Seine Eltern wurden für ihn schon sehr früh zu Leitbildern seiner geistigen und auch emotionalen Entwicklung – der Vater durch seine ausgeprägte wissenschaftliche Neugier, die Mutter, eine vielseitig tätige Krankenschwester, durch ihre grenzenlose Hilfsbereitschaft.

Natales Wunsch und sein fester Plan, auf dafür üblichen Bahnen Medizin zu studieren, wurden buchstäblich in letzter Minute vom Schicksal zunichte gemacht. Zwei schwere Unfälle, die zu erheblichen Verletzungen führten und ihm beinahe das Leben kosteten, zogen ihn für viele Jahre regelrecht aus dem Verkehr. Neben der selbstlosen Unterstützung durch seine junge Frau Maryse waren es aber wohl sein fester Wille und seine Beharrlichkeit, die ihn aus diesem nahezu aussichtslosen Abseits wieder herauskommen ließen. Aus eigener Kraft und unter den großen Anstrengungen autodidaktischer Studien fand er doch noch auf den Weg zur Heilkunst. Seit Anbeginn seiner praktischen Tätigkeit als Naturarzt in der Schweiz, verband Natale Ferronato sein ständig zunehmendes medizinisches Wissen mit einem ausgesprochenen

Gespür für die Natur und das Leben sowie mit einer Kreativität, die bis heute völlig unkonventionellen Lösungen zugewandt blieb. Seine Kenntnisse und Erfahrungen gibt er seit jeher selbstlos weiter, viele Jahre in der von ihm gegründeten Schule für Naturheilkunde, deren Lehrgänge inzwischen von einigen hundert Heilpraktikern und Ärzten absolviert worden sind. In den letzten Jahren hat er – altersbedingt – seine Sprechstundenpraxis stark begrenzt, entwickelt aber noch immer mit vielen Ideen seine individuell zu fertigenden Naturmedikamente, die auch weiterhin so manchem Patienten die ersehnte Hilfe bringen.

Günter Baumgart, Dr. phil., geboren 1939 in Chemnitz, arbeitete in der DDR als Journalist, Anfang der 70er Jahre als Chefredakteur der sich um Kritik bemühenden Halbmonatszeitung FORUM, aus der er bald „wegen politischer Fehler" wieder entfernt wurde. Später leitete er eine mit Übersetzungen aus dem Russischen arbeitende Zeitschrift, für ihn gleichsam ein politisches Abstellgleis. In den Monaten der Wende jedoch gestaltete er diese Publikation zum Journal „INITIAL" um, das eine Art „Perestroika" in der DDR begleiten sollte. Später als freier Journalist arbeitend, gab er ab 2007 die Zeitschrift „PROVOkant. Dialoge für eine gesündere Gesellschaft" heraus, die ihr Erscheinen nach der 10. Ausgabe jedoch aus finanziellen Gründen einstellen musste.

Anstelle eines Vorworts:

Zwei „Leitungen" nach Brasilien

An jenem Abend im Herbst 2001 befand sich die Ennetbadener Naturarztpraxis von Natale Ferronato noch in der Ehrendinger Straße 12. Während unserer Unterhaltung, zu der ich mich als neugieriger Zeitungsschreiber bei ihm recht hartnäckig selbst eingeladen hatte, war es schon halbdunkler Abend geworden. Das Gespräch drehte sich gerade um die für einen Fremden schier unüberschaubare Fülle an getrockneten und präparierten Heilpflanzen und Essenzen, die hier in Kästen und Regalen lagerten. Wir hatten dabei ganz vergessen, dass wir längst ins nahe gelegene China-Restaurant aufbrechen wollten, als es wiederholt an der Tür läutete. Der späte Besuch entpuppte sich als eine alte Freundin Ferronatos, die mit ihrer Familie schon lange in Brasilien wohnte, und zwar in einer Gegend ein wenig abseits von den großen Städten. Sie war ziemlich aufgeregt, schien in

Eile zu sein und kam gleich zur Sache: Ihr damals etwa zehnjähriger Sohn Franko, ein „Nachzügler", war offenbar schwer erkrankt, zu Hause, weit weg, jenseits des Atlantiks. Ich weiß heute nicht mehr, ob sie damals überhaupt von ärztlicher Hilfe gesprochen hatte. „Natale", sagte sie nur, „du musst unbedingt etwas machen! Franko hat hohes Fieber, schon seit Tagen. Ich habe gerade wieder telefoniert. Es geht ihm sehr schlecht. Immer wieder hat er Krämpfe. Und vor allem schlimme Atemnot! Kannst du da nicht helfen!?"

Ferronato beruhigte sie. Versuchen werde er es auf jeden Fall, und zwar sofort, und das hieß: von hier, von der Schweiz aus! Er griff zum Telefonhörer und wählte die Nummer des Anschlusses im fernen Brasilien. Eine Hausangestellte, die offenbar auch die Pflege des kranken Jungen übernommen hatte, war am Apparat und bestätigte offenbar, dass sein Zustand sich noch immer nicht gebessert hatte. Ihr Portugiesisch war für den Schweizer Naturarzt kein Problem. Neben einer ganzen Reihe anderer Sprachen beherrschte er es besonders gut, hatte er doch darin nach so manchem Aufenthalt im brasilianischen Urwald auch genügend Training gehabt.

Ganz ruhig gab er der Hausangestellten irgendwelche Anweisungen, die ich wegen meiner Unkenntnis der fremden Sprache freilich nicht verstand. Ich erfuhr dann aber von ihm, dass er die Frau gebeten hatte, möglichst schnell sämtliche nur irgendwo im Hause auffindbaren Medikamente heranzuholen und auf einem Tisch dicht neben dem Telefon abzulegen – übersichtlich angeordnet, in etwa gleich großen Segmenten. Was ich jedoch auch ohne Übersetzung registrierte, war: Ferronato hatte seinen Biotensor zur Hand genommen, diese damals für mich noch recht rätselhaft anmutende Rute. Später sagte er mir aber auch, dass er die Frau am anderen Ende der Telefonleitung vorher aufgefordert habe, mit einer ihrer Hände die ausgebreiteten Heilmittel nach und nach abzutasten. Jetzt indes sah ich lediglich, wie er gespannt auf die Bewegungen seines Tensors schaute und daraus irgendwelche Hinweise ableitete, die er sozusagen „live" durchs Telefon ins ferne Brasilien gab.

Irgendwann war diese Prozedur zu Ende. Ferronato legte den Hörer auf und schwieg erst einmal. Dann sagte er zu seiner abendlichen Besucherin, er habe unter den im dortigen Haus derzeit verfügbaren Medikamenten tatsächlich eines gefunden, auf das die Erkrankung des kleinen Franko sehr wahrscheinlich ansprechen würde. Es müsse also aller Voraussicht nach schon recht bald wirken. In einer Viertelstunde wolle er erneut anrufen, um den Zustand des Jungen zu kontrollieren.

Noch hielt ich mich damals, von Zweifeln gebremst, mit meiner Neugier bewusst zurück. Doch Ferronato kam dieser von selbst entgegen und beschrieb, wie er – nach einem verblüffend einfachen Frageschema – das vermutlich richtige Heilmittel herausgefunden habe. War es aber auch wirklich das richtige? Wir mussten Geduld haben. Die fünfzehn Minuten (oder waren es zwanzig?) bis zum erwarteten Kontrollanruf wollten nicht vergehen. Dann aber kam die Bestätigung aus Brasilien: Die Krämpfe hatten unmittelbar nach der Einnahme des Mittels rasch nachgelassen. Klein Franko schlafe und atme jetzt ruhig, wurde durchs Telefon mitgeteilt. Auch die Röte im Gesicht sei merklich zurückgegangen. Fieber messen wolle man aber erst, wenn er wieder wach sei.

Ich muss damals ziemlich ungläubig dreingeschaut haben, jedenfalls ganz anders als die Besucherin aus dem fernen Kontinent. Für sie schien die ganze Sache das Normalste auf der Welt zu sein. Sie war erleichtert und umarmte Ferronato spontan.

Als wir dann, etwas später als geplant, doch noch beim Chinesen saßen, erklärte mir der Naturarzt auf mein Drängen hin, aber eigentlich mehr nebenbei, wie er nach einem im Grunde ganz einfachen Ja-Nein-Schema, jenem ähnlich, das mir noch von meinen einstigen Kinderspielen her in Erinnerung war, ein passendes Medikament herausgefunden hatte. „Wir haben natürlich Glück gehabt", meinte er, „es hätte ebenso nicht dabei sein können." Damit spielte er auf die Begrenztheit der eiligst zusammengetragenen brasilianischen Hausapotheke an. „Aber alles nur per Telefon?" fragte ich noch immer skeptisch. „Ja, wenn wir nur diese eine Leitung gehabt hätten", lächelte er verschmitzt, „dann hätte es wohl nicht geklappt!" Es sei aber bei dieser Methode immer eine „zweite Leitung" im Spiel, eine Verbindung, die schon seit jeher „drahtlos" gewesen sei, eine geistige, für welche eben Entfernungen, so behauptete er jedenfalls, keine Rolle spielen.

*

Es wäre gelogen, wenn ich bereits damals Natale Ferronato, der mir immerhin schon als erfahrener Therapeut bekannt war, dies alles ohne jeden Zweifel geglaubt hätte. Und noch heute habe ich in solchen Dingen meine Vorbehalte und Einwände. Aber seitdem ich die Vorgehensweise dieses Mannes erleben durfte, welche doch eher einer „Hexerei" als einer Therapie glich, hat mich seine Arbeit immer wieder beeindruckt und in einen unerklärlichen Bann gezogen. Obschon ich inzwischen viel mehr über derartige Methoden erfahren durfte, längst auch von gestandenen Wissenschaftlern, und ich schon seriösen Therapeuten begegnet bin, die „mit dem Pendel" oder mit einer Ein-Hand-Rute arbeiten, schien es mir nach diesem Erlebnis mehr als wert, Natale Ferronato immer wieder ein wenig auf den Fersen zu bleiben. So entstand schließlich eines Tages das Protokoll jenes langen Gesprächs, das im Folgenden wiedergegeben werden soll.

Letztlich ist es pure Physik!

Herr Ferronato, wer Ihre Art der Behandlung erlebt, wie ich damals, der könnte, wie es so schön heißt, „das Grübeln kriegen". Sind Sie eine Art Zauberkünstler?

Natale Ferronato: Nein, nein! Mit Zauberei hat das absolut nichts zu tun! Es ist sogar – ganz nüchtern gesagt – pure Physik!

Wie bitte? Physik?

Ja, auch wenn wir die noch nicht oder zumindest noch nicht richtig verstehen. Wenn ich „wir" sage, heißt das: Ich nehme mich da gar nicht aus! Auf jeden Fall geschieht bei dem, was ich mache, nichts außerhalb der Naturgesetze und schon gar nicht im Gegensatz zu ihnen.

Na gut, aber wie Sie vorgehen, das erscheint doch, gelinde gesagt, ziemlich mysteriös und eher als eine Art Wunder denn als Wissenschaft.

Mag sein. Doch wir sollten auch in diesem Falle an die uns überlieferte Erkenntnis des berühmten Kirchenvaters Augustinus denken. Der sagte über die sogenannten „Wunder" sinngemäß: Sie verstoßen keinesfalls gegen die Natur, sondern stets nur gegen das, was wir von ihr zu wissen glauben!

Dennoch sind sicher nur sehr wenige in der Lage, das nachzumachen, was Sie da alles mit Ihrer „Rute" bewerkstelligen, um Patienten zu helfen. Selbst Mediziner nicht, ja, noch nicht einmal alle Naturärzte oder Heilpraktiker, wie man Therapeuten Ihrer Qualifikation in Deutschland nennt.

Da irren Sie! Ich kenne persönlich eine ganze Anzahl Mediziner und naturheilkundlich arbeitende Therapeuten, die sich der sogenannten Ein-Hand-Rute oder aber eines ganz einfachen Pendeln bedienen. Sie gehen ähnlich vor wie ich und erzielen vergleichbare Diagnose- und Therapieergebnisse. Etlichen von ihnen durfte ich in meinen Kursen das entsprechende „Know-how" vermitteln. Ich weiß aber auch, dass davon „angesteckte"

Ärzte diese Methode meist nur hinter vorgehaltener Hand anwenden. Oder aber nur bei Patienten, von denen sie wissen – oder zumindest glauben –, dass sie nicht weiter darüber reden.

Das ist gut nachvollziehbar. Manch einer würde seinen behandelnden Arzt, wenn dieser mit einem Pendel diagnostizierte, mindestens für etwas „übergeschnappt" halten.

Bei Naturvölkern ist es etwas ganz Normales.

Ja, leider ist das angeblich so wissenschaftliche Klima der Heilkunst in den meisten europäischen Ländern von einer geradezu verbohrten Voreingenommenheit und falsch verstandenen Strenge. Als Therapeut muss man deshalb häufig um sein Ansehen und damit um seine berufliche Existenz bangen, wenn man solche und andere unkonventionelle Verfahren anwendet. Zu diesen gehört nun mal besonders auch der Umgang mit der „Rute". Genauer gesagt, geht es um die gesamte radiästhetische Methode.

„Normalverbraucher" wie unsereiner können sich noch nicht einmal etwas darunter vorstellen. Von einer Anwendung ganz zu schweigen. Das müssen Sie doch zugeben!

Ja, natürlich. Aber das, was daran vielen Leuten heute mindestens unbegreiflich vorkommt, das war – den Überlieferungen zufolge – über Jahrhunderte, wenn nicht Jahrtausende bei den Naturvölkern eine völlig normale, zumindest aber weit verbreitete Fähigkeit. Leider ist diese Gabe, dieses – im umfassenden Sinne des Wortes – Vermögen oder auch Wissen im Laufe der technischen Entwicklung der Menschheit weitgehend verloren gegangen, vor allem in den westlichen Ländern. Das liegt meiner Meinung nach vor allem an der übertriebenen Dominanz des Denkens gegenüber dem naturbedingten Fühlen. Denn das isolierte Denken hat für seine Entscheidungen vor allem Motive, die weniger auf unser inneres Gleichgewicht und den Erhalt unserer ursprünglichen Lebenskraft gerichtet sind. Würden wir denn sonst rauchen, uns betrinken, kiffen, schlemmen, uns die Nächte um die Ohren schlagen, Extremsport treiben oder gar Krieg führen?!

Wohl kaum. Und Sie meinen auch, dass die Naturverbundenheit unserer Vorfahren und ihre unmittelbare Ausrichtung auf den Erhalt des Lebens sie auch befähigt haben, problemlos mit dem etwas mysteriös anmutenden „Pendel" bzw. mit der „Rute" zu arbeiten und sich auf diese Weise – so wie Sie und wie es heute leider nur noch wenige können – verlässliche Entscheidungshilfe zu holen?

Ja, davon bin ich überzeugt. Und bei den leider nur wenigen Naturvölkern, denen unsere so moderne Zivilisation noch das Überlebensrecht zubilligt, trifft man dieses Wissen nach wie vor noch an. Sie brauchen übrigens dazu nicht unbedingt ein Hilfsmittel, schon gar nicht ein technisch so ausgefeiltes Werkzeug, wie es etwa der von mir genutzte Biotensor des Dr. Oberbach ist oder der Tensor von Dr. Körbler oder andere Ein-Hand-Ruten und Pendel. Darauf kommt es überhaupt nicht an! Voraussetzung ist einzig und allein die Sensitivität, die

Empfindsamkeit der Menschen, die damit arbeiten. Es geht dabei um deren Fähigkeit, gewissermaßen „in Resonanz zu gehen", und zwar zu anderen Menschen, zu deren Organen und Funktionskreisläufen, ja, zu deren Bewusstsein. In Resonanz ebenso zu allen möglichen Objekten, die für Leben und Gesundheit der Betreffenden Bedeutung besitzen, wie etwa zu Lebensmitteln, Heilpflanzen, aber auch Giftstoffen usw. Genauer gesagt, handelt es sich um eine Art Kommunikation mit deren Informationsfeldern.

Was sollte man sich darunter vorstellen? Gibt es da vielleicht Parallelen zu den morphogenetischen Feldern des britischen Biologen Rupert Sheldrake?

Vielleicht. Ich kann das nicht beurteilen, denn ich bin kein Physiker. Deshalb vermag ich hierfür auch keine wissenschaftliche Erklärung zu geben. Allerdings sagt mir eine jahrelange praktische Erfahrung, dass meine mehr bildliche Vorstellung von diesen Resonanzen eine reale Basis in der Wirklichkeit haben muss. Dafür spricht auch die Tatsache, dass ich am Anfang meiner Zeit als

Therapeut dazu gar keines radiästhetischen Gerätes bedurfte. Ich arbeitete zwar auf ähnliche Weise wie heute, aber ausschließlich mit meinen Händen. Ich strich mit ihnen z. B. über verschiedene Arzneien oder Heilpflanzen, und „erfühlte" so jene, die für eine Therapie des vor mir sitzenden oder aber mit mir in Gedanken verbundenen Patienten in Frage kamen. Im Grunde gelangte ich damit zu ganz ähnlichen Antworten, wie ich sie heute mithilfe des Biotensors erhalte. An den habe ich mich jedoch inzwischen sehr gewöhnt. Deshalb möchte ich ihn auch nicht mehr missen!

Weil er genauer ist als Ihre Hände?

Ohne Frage! Allein schon deshalb, weil – seitdem ich ständig einen solchen Tensor benutze – die Sensitivität meiner Hände spürbar nachgelassen hat. Vor allem, da haben Sie Recht, bietet der Biotensor von Dr. Oberbach eine viel höhere Genauigkeit. Er ist auch einfacher zu beobachten und deshalb praktikabler. Aber denken Sie ja nicht, Tensor oder Pendel als solche wären in der Lage, mir auf meine Fragen die entsprechenden Antworten zu geben, etwa kraft einer geheimnisvollen, diesen Geräten innewohnenden „Fähigkeit". Nein. Manchmal, wenn ich gerade nichts anderes bei der Hand habe, benutze ich für diese meine „Messungen" sogar einfach meine alte Taschenuhr. Das ist nicht nur praktisch, sondern auch „sozialverträglicher". Sie wissen, was ich meine. Aber auch die Uhr kann im Grunde nicht mehr, als mir die Zeit anzeigen. Wer oder was hier „arbeitet", das ist nicht die Uhr, das ist nicht das Pendel und das ist auch nicht die Rute, sondern das ist einzig und allein mein eigener Organismus, von meinem Unterbewusstsein gesteuert.

Wenn Sie aber nun die Bewegung, den jeweiligen Ausschlag des Tensors – oder meinetwegen auch Ihrer Taschenuhr – beobachten, erwarten Sie da bereits eine bestimmte „Antwort"? Wenn auch nicht bewusst, so doch wenigstens "im Hinterkopf"?

Kaum etwas für „Kopfgesteuerte"!

Nein, das darf ich auch gar nicht! Erwartungen müssen bei dieser Art Prüfungen – ich nenne sie, wie schon gesagt, „Messungen" – unbedingt außen vor bleiben! Die Gefahr, dass sie dennoch eine Rolle spielen, besteht allerdings nicht selten bei Anfängern und auch bei jenen Leuten, denen man nachsagt, sie seien „kopflastig" oder „kopfgesteuert". Sobald man beim Messen auch nur den leisesten Wunsch oder nur die geringste Erwartung hegt, der Tensor werde sich jetzt – hoffentlich! – in einer ganz bestimmten Richtung bewegen, dann würde die Resonanz, von der ich sprach, gestört und damit der gesamte Messvorgang von vornherein verfälscht.

Messen, Messvorgang? Sie gebrauchen diese Begriffe wahrscheinlich in einem etwas anderen Sinn, als wir es gewohnt sind. Was genau verstehen Sie darunter?

Pardon! Für mich ist das gleichsam das tägliche Brot. Ich will es kurz erklären: Immer dann spreche ich vom Messen, wenn ich mit Hilfe eines Tensors oder eines Pendels Quantitäten oder Qualitäten von Dingen oder Zuständen bestimmen will. Entweder geht es dabei um negative oder um positive Zustände, Verläufe, Eigenschaften, Wirkungen oder was weiß ich alles! Ich fokussiere das betreffende Objekt, frage mental quasi auf einer inneren Skala z. B. nach dem Grad der Übereinstimmung oder aber der Dissonanz zu meiner gedanklichen Vorgabe, und dann lese ich die graduelle Bestätigung bzw. Ablehnung an der Bewegung des Tensors ab.

Danke, das ermöglicht wenigstens eine gewisse Vorstellung davon, aber wir kommen vielleicht später noch ausführlicher darauf zu sprechen. Es drängt sich jedoch jetzt schon die Frage auf: Wie soll der Außenstehende, z. B. ein Patient, sich während dieser Prozedur darin sicher sein, dass Sie bei dieser Prozedur nicht doch „schummeln" und dem Biotensor – oder dem Pendel – absichtlich einen „Schubs" in jene Richtung geben, die er – oder es – nach Ihrem Wunsch oder Ihrer Vermutung möglichst einschlagen soll?

Klar, das kann im Einzelfall tatsächlich keiner wissen. Da muss man mir schon erst einmal vertrauen! Aber bedenken Sie doch: Wenn ich den Tensor wirklich manipulieren wollte, könnte ich in der Mehrzahl der Fälle gar keine richtigen Diagnosen stellen, und somit hätte ich letztlich auch keine Heilerfolge.

Sagen wir fairerweise lieber: höchstens so viel oder so wenig, wie es der Zufall will?

Sicher. Aber erstens gäbe der Zufall wahrscheinlich nur eine recht magere „Ausbeute" an Erfolgen, und zweitens wäre es eine Manipulation und deshalb in jedem Falle ziemlich verantwortungslos. Davon abgesehen, gibt es inzwischen sehr überzeugende Methoden, mit denen man knallhart überprüfen kann, ob einer dieses Messen mit dem Pendel wirklich versteht oder ob er es nur vortäuscht.

Setzen wir also guten Willens die gewünschte Ehrlichkeit voraus! Wenn Sie nun bei Ihren Diagnosen, wie Sie es nannten, „in Resonanz gehen" zum Organismus eines Patienten, spielt es dann wirklich keine Rolle, ob der sich ganz in Ihrer Nähe oder aber Hunderte von Kilometern entfernt von Ihnen aufhält? Ich spiele hier auf das

Telefongespräch mit Brasilien an, bei dem ich, wie Sie sicher noch wissen, vor Jahren Zeuge sein durfte.

Entfernungen sind da keine Barrieren.

Ich erinnere mich. Und Sie haben Recht: Es spielt tatsächlich keine Rolle! Genau da sind wir schon mitten in der bisher nicht oder zu wenig verstandenen Physik. Eine räumliche Distanz stellt beim radiästhetischen Messen keine Barriere dar! Sicher ist es von Vorteil, wenn die von mir zu messende Person sich ganz in meiner Nähe aufhält. Das muss aber nicht sein! Sie kann sich auch weit entfernt von mir befinden, so z. B. am anderen Ende einer Telefonleitung. Dafür könnte ich Ihnen noch einige Dutzend Beispiele bringen. Doch selbst eine solche technische Fern-Verbindung ist nicht unbedingt nötig. Es reicht wirklich, wenn ich eine hinreichende Vorstellung von der betreffenden Person habe.

Heißt das, Sie müssen den Patienten zumindest einmal gesehen haben?

Nein. Wenn dies der Fall ist, vereinfacht das die Sache natürlich sehr, es ist aber keinesfalls Bedingung. Wichtig erscheint mir nur Folgendes: Ich oder aber eine andere Person, mit der ich in diesem Moment lokal in Verbindung stehe, muss den betreffenden weit entfernten Patienten deutlich vor seinem geistigen Auge haben. Schwierigkeiten kann es damit nur dann geben, wenn die benötigte Vorstellungskraft – bei mir oder eben bei dem vermittelnden Dritten – zu schwach ausgeprägt ist. Dann findet die erstrebte „geistige Beziehung" zur Zielperson nicht oder nur diffus statt. Beides kann zu Fehlern führen, die einen Erfolg meiner Bemühungen gefährden oder ausschließen. Deshalb sollte man in solchen Fällen alle Umstände mehrmals prüfen oder aber zumindest mit wiederholten Messungen arbeiten.

Muss der weit entfernte Patient bei diesem Vorgang wenigstens über den genauen Zeitpunkt Ihrer „Kontaktaufnahme" Bescheid wissen?

Nein, auch das ist nicht unbedingt erforderlich. Allerdings diagnostiziere und therapiere ich einen Patienten nie gegen seinen Willen. Auch und gerade aus der Ferne nicht! Das wäre selbst bei bester Absicht für mich völlig unannehmbar.

Zurück zur „unverstandenen Physik" und dem „In-Resonanz-Gehen", wie Sie es nennen. Haben Sie für diese nicht gerade alltäglichen Vorgänge wenigstens persönlich eine plausible Erklärung?

Der Tensor selbst „weiß" gar nichts!

Wenn Sie eine regelrechte Theorie meinen – nein! Die habe ich natürlich nicht, und – offen gesagt – die brauche ich auch nicht. Wenn ich aber unbedingt eine Erklärung dafür geben sollte, so könnte die etwa so lauten: Es handelt sich offensichtlich um Harmonien oder um Disharmonien zwischen „Informations-Komplexen". Meinetwegen dürfen Sie dazu auch „Informations-Pakete" sagen. Vielleicht können wir uns im Rahmen unseres Gesprächs der Anschaulichkeit halber – ohne etwa Anspruch auf Wissenschaftlichkeit zu erheben – auf diese Begriffe einigen. Auf der einen Seite befinden sich beispielsweise solche „Komplexe", wie der Patient einer ist, oder aber einzelne seiner Organe, ferner ein bestimmter Stoff, beispielsweise ein Nahrungsmittel, ein Heilmittel, ein unverträglicher Stoff oder gar ein Gift. Zur anderen Seite gehören in jedem Falle meine Fragen, meine Vermutungen, meine Vorstellungen und auch meine konkreten Therapievorschläge. An der Art und an der Richtung der Tensorbewegung kann ich dann die dabei auftretenden Harmonien und/oder Disharmonien ablesen und damit, vereinfacht gesagt, ein Ja oder ein Nein registrieren.

Schön, aber woher „weiß" Ihr Tensor – oder aber das Pendel –, ob er es mit einer Resonanz oder mit einer Dissonanz zu tun hat und wie stark diese jeweils ausfällt?

Ich muss mich deutlich wiederholen: Ein Tensor „weiß" gar nichts! Auch der Oberbachsche Biotensor nicht! Trotz seiner äußerst filigranen Bauart ist er letztlich nur ein lebloser Gegenstand, nur ein Hilfsmittel. Er hat kein

Bewusstsein! Die Resonanzen oder Dissonanzen, die beim radiästhetischen Messen widergespiegelt werden, manifestieren sich – jedenfalls nach meiner Auffassung und Erfahrung! – in jedem Falle über recht komplizierte nervale und muskuläre Vermittlungen in den Armbewegungen des Messenden. An den sich daraus ergebenden Bewegungen des Tensors oder Pendels kann man diese nur besser ablesen.

Sie sagten, Erwartungen aller Art müssten dabei außen vor bleiben. Heißt das, Ihr Denken ist in diesem Augenblick völlig „ausgeschaltet"?

Richtig! Für diese kurzen Momente ist das tatsächlich der Fall! Während des radiästhetischen Messens stört unsere geliebte Ratio nur. Das Messen funktioniert nämlich optimal erst bei einer weitgehenden „intellektuellen Abstinenz".

Heißt das, der Verstand ist für Ihre Methode gar nicht so wichtig?

Nein, nein, im Gegenteil, er wird dringend gebraucht, allerdings ausschließlich *vor* und *nach* den jeweils zeitlich doch relativ kurzen Messvorgängen. Dafür kann er nicht genug geschult sein! Beim Messvorgang selbst bediene ich mich hingegen meiner Körperintelligenz. Sie „weiß" immer sehr genau, was dem Organismus gut tut und was nicht. Ich bezeichne diese Körperintelligenz übrigens mit Vorliebe als meinen „Sensus". Er ist mein radiästhetisches Empfindungsvermögen und ich sehe in ihm einen äußerst wichtigen Teil beziehungsweise eine Eigenschaft meines Unterbewusstseins. Wenn ich messe, dann zeigt mir mein Sensus – vermittelt durch den Ausschlag des Tensors – entweder Übereinstimmung an oder aber eine Nichtübereinstimmung!

Mit anderen Worten: eine Bestätigung oder eine Ablehnung ihrer zuvor postulierten Vorgaben bzw. Vermutungen?

Genau. Unsere Computer arbeiten doch ganz ähnlich – letztlich geht es bei ihnen immer nur um die Entscheidung zwischen zwei Möglichkeiten – „0" oder

„1". Auch der Tensor „sagt" mir immer nur ein „Nein" oder ein „Ja" – „Null" oder „Eins". Das ist das ganze „Hexeneinmaleins"!

„Es funktioniert, aber fragen Sie mich bitte nicht wie!"

Das ist zwar unheimlich interessant, doch auch ein wenig unheimlich – im wahrsten Sinne des Wortes eben! Vielleicht wird ja gerade deshalb die Anwendung radiästhetischer Methoden, also auch der Ihren, meist in die esoterische Ecke gerückt. Man rechnet sie zu den okkulten Praktiken, und Leute, die damit ihr – mitunter reichliches – Geld verdienen, nennt man dann Scharlatane.

Ja, und in manchen Fällen ist eine derartige Abqualifizierung auch nicht unbegründet. Immerhin haben sich Dilettantismus, Geldschneiderei und offener Betrug auch auf diesem Gebiet breitgemacht. Das schadet zwar dem Ansehen der Radiästhesie, kann sie aber als eine sehr effektive Methode nicht aus der Welt schaffen.

Eine wissenschaftliche Erklärung dieses Phänomens gibt es aber offensichtlich immer noch nicht.

Zumindest keine, die bereits allgemeine Anerkennung gefunden hätte. Dennoch haben sich Wissenschaftler schon ernsthaft damit befasst. Ich erinnere mich zum Beispiel an ein Zeitschrifteninterview, in dem schon vor Jahren eine in Österreich lebende Physikerin zu diesen Phänomenen Stellung nahm. Die Frau sah sich als überzeugte Schulwissenschaftlerin und hatte die sogenannte Rutengängerei, also die Radiästhesie, schon viele Jahre erforscht, und das sogar in staatlichem Auftrag.

Es handelt sich gewiss um Frau Dr. Noemi Kempe, eine russisch-deutsche Physikerin. Ich kenne diese Frau sehr gut und habe mit ihr damals nicht nur das Interview geführt, auf dass Sie hier anspielen, sondern ihre Forschungen auch in den Jahren danach sehr aufmerksam verfolgt. In der ersten Zeit stellte sich nur heraus, dass da wenigstens „doch etwas dran" ist. Schließlich drang man im Verlaufe der Forschungen an dem kleinen Institut, dessen Leitung der Frau übertragen worden war, immer tiefer in diese Materie ein. Dabei bewegte man sich bewusst ständig unter strenger Kontrolle technischer Instrumente. Schließlich sollte es unter allen Umständen seriöse Wissenschaft bleiben.

Ja, deshalb hatte man ja dort beispielsweise die sogenannten Wasseradern nicht nur von Rutengängern „muten" lassen, sondern zusätzlich auch durch Institutsmitarbeiter geortet, und zwar mit eigens dafür entwickelten Magnetometern. Zudem kannten diese Mitarbeiter die Ergebnisse der Rutengänger gar nicht. Es war also quasi ein echter Blindversuch. Besonders spannend schien mir damals aber Folgendes: Man hatte, wie Sie ja aus Ihrem Interview selbst wissen, die radiästhetisch am meisten befähigten Leute vorher ins Labor eingeladen. Dort ließ man sie nun die zu untersuchenden Terrains – aus der Ferne! – auf Wasseradern hin „abtasten", und zwar mit Ein-Hand-

Rute und mit spitzem Bleistift auf den entsprechenden geographischen Karten. Später schickte man weitere Rutengänger vor Ort, um dort in natura zu messen, und erst in einem dritten Schritt maßen dort die Techniker mit ihren Magnetometern.

Ja, ich entsinne mich dessen ebenfalls noch sehr genau daran, wie Frau Dr. Kempe diese Versuchsanordnung seinerzeit beschrieb. Von den Ergebnissen war ihr Team zunächst völlig überrascht. Denn in der übergroßen Mehrzahl der Fälle erwiesen sich die mit den drei unterschiedlichen Methoden erkundeten Wasseradern als nahezu deckungsgleich geortet.

Ja, und eben damit war folglich auch der Beweis erbracht, dass radiästhetisches Messen sogar aus der Ferne nachweisbar richtige Ergebnisse bringen kann, beispielsweise von einem Labor aus, mit Karte, Rute und spitzem Bleistift. Allerdings musste damals selbst diese Physikerin gestehen: Es funktioniert – aber fragen Sie mich bitte nicht wie und warum!

Welche Erklärung würden denn Sie am ehesten dafür geben?

Alles schwingt und sendet Schwingungen aus.

Nun, ich sagte Ihnen bereits, dass ich kein Fachmann für physikalische Theorien bin. Doch ist es für die praktische Anwendung der Radiästhesie in meiner Systematischen Naturheilkunde von nicht geringem Nutzen, wenn man für die damit verbundenen Vorgänge ein einigermaßen plausibles Modell entwickelt.

Wie könnte das in Umrissen aussehen?

Der griechische Philosoph der Antike Heraklit erkannte bereits, dass alles fließt – panta rhei. Die moderne Physik spricht davon, dass alles schwingt und Schwingungen aussendet – nicht nur die Kristalle, sondern alle Materie, alle Lebewesen, also auch der Mensch. Das leuchtet mir nicht nur ein, sondern ich finde es in meiner Heilpraxis jeden Tag aufs Neue bestätigt. Wir leben alle in einem unendlichen Ozean von Schwingungen, und da unser

Körper, seine Organe und seine Zellen selbst schwingen, sind wir auch in der Lage, mehr unbewusst als bewusst, mit dieser oder jener von außen kommenden Schwingung in Resonanz zu treten. Genauer gesagt: entweder in Resonanz oder eben in Dissonanz. Unser Bewusstsein kann also sowohl Harmonien als auch Disharmonien registrieren.

Wie ist das möglich in diesem Ozean, von dem Sie sprechen? In diesem großen Raum, in dem dann notwendigerweise alles und jedes gewissermaßen – pardon! – „durcheinanderquasselt"?

Wir sind in unserer Wahrnehmung offenbar fähig, die übergroße Mehrzahl der schier unendlichen Zahl von Schwingungen, die uns umgeben, auszublenden und nur noch ganz bestimmte von ihnen in unsere eigene kleine „Informationszentrale" durchzulassen. Wie nun diese effektive Filterung in unserem Gehirn wirklich vonstattengeht, das wissen wir noch nicht. Vielleicht wird uns das eines Tages die Wissenschaft beantworten. Aber dass wir diesen Filter durchaus gezielt nutzen können, und zwar jederzeit und sehr verlässlich, das zeigt mir nicht zuletzt die Praxis des Messens, über die wir hier die ganze Zeit sprechen. Ich muss mich dafür „nur" auf das Objekt, mit dem ich in Resonanz treten möchte, mental, das heißt in meiner Vorstellung, fokussieren. Aber das machen nicht nur ich und ähnlich arbeitende Therapeuten so. Das machen wir Menschen alle, jeden Tag, meist natürlich unbewusst.

Also letztlich ganz automatisch. Andernfalls würden wir doch über kurz oder lang regelrecht „verrückt" werden!

Das glaube ich auch. Wir wären mit einer ständig bewussten Fokussierung auf jeden Fall überfordert. Der entsprechende unbewusste Mechanismus aber ist ein Segen. Allgemein bekannt ist beispielsweise, dass eine besorgte Mutter ein besonders gutes Gehör für das Rufen oder gar den Schrei ihres Kindes besitzt, wenn sie es beispielsweise auf dem überfüllten Spielplatz zeitweilig aus den Augen verloren hat. Selbst wenn sie in diesem Augenblick gerade ein Schwätzchen mit einer guten Bekannten macht. Oder: Ein guter Kapellmeister merkt es sofort und sehr genau, wenn in seinem Orchester auch nur ein einziger seiner Geiger oder Flötisten aus dem Takt gekommen ist. Dabei irrt er sich nur äußerst selten.

Inwieweit bestimmt solches mentale Fokussieren Ihre tägliche Arbeit?

Prozentual ausgedrückt, müsste ich sagen, dass sie zu weit über 50 Prozent davon geprägt ist.

Können Sie uns bitte anhand eines Beispiels einmal schildern, wie Sie dabei vorgehen?

Braucht's denn „Herr Meier" wirklich?

Wenn ich zum Beispiel für einen Patienten – nennen wir ihn einmal Herr Meier – entsprechend der Diagnose und aufgrund meiner Erfahrung ein bestimmtes Medikament herausgesucht habe und wissen will, ob diese Substanz für ihn geeignet ist oder nicht, so konzentriere ich mich auf beide Seiten. Ich frage dann nur: „Herr Meier, Substanz?" Den Tensor halte ich dabei waagerecht in meiner rechten Hand. An seinem Ausschlag kann ich Zustimmung oder Ablehnung ablesen.

Welchen „Code" verwenden Sie dabei? Wie muss sich Ihr Tensor bewegen, wenn er Zustimmung signalisiert?

Vertikales Schwingen des Tensors bedeutet bei mir ein „Ja". Es steht für Zustimmung zur vorgegebenen Aussage. In unserem Falle heißt das: Die ausgewählte Substanz ist grundsätzlich für Herrn Meier gut und für seine Therapie geeignet. Damit haben wir diese Substanz aber noch längst nicht zu einem Medikament verarbeitet. Wir brauchen eines, das optimal und ganz individuell für Herrn Meier bestimmt ist. Aber dazu kommen wir sicher später noch. Würde der Tensor hingegen schon jetzt waagerecht ausschlagen, dann hieße das: Die betreffende Substanz ist generell nichts für Herrn Meier. In meinem System bedeutet die waagerechte Bewegung nämlich ein „Nein", hier konkret – bezogen auf Meier – eine Ablehnung, eine negative Einordnung im Sinne von Wirkungslosigkeit oder gar Schädlichkeit. Will ich Genaueres wissen, muss ich eben auch genauere

Vorgaben machen. Zum Beispiel könnte ich auch sagen: „Herr Meier, Substanz, Leber" oder „Herr Meier, Substanz, Lymphsystem" usw.

Solche Stichworte richten's schon?

Durchaus! Große Umschreibungen sind hier völlig unnötig. Sie sind eher abträglich. Je kürzer und präziser eine Vorgabe ist, umso sicherer sind die Antworten. Das bezieht sich übrigens auf die Messung des Zustands eines Patienten ebenso wie auf die Bestimmung, ob ein Heilmittel grundsätzlich geeignet ist oder ob die Schritte seiner notwendigen Zubereitung auch wirklich absolviert worden sind.

Sind der rein vertikale und horizontale Ausschlag der Rute deren einzige Bewegungen, die von Ihnen in dieser Weise gedeutet werden?

Natürlich nicht. Gut, dass Sie danach fragen. Eigene Bedeutungen haben auch die Drehbewegungen des Tensors. So sehe ich in seiner Linksdrehung das Zeichen eines Abbaus, unter anderem im Sinne des Rückgangs einer Geschwulst, z. B. eines Tumors. Es kann aber auch auf die Degeneration eines Gewebes, eines Organs usw. hinweisen. Das muss dann unbedingt weiter hinterfragt werden. Eine Rechtsdrehung hingegen zeigt mir Aufbauprozesse an – gesunde, gutartige, aber eben auch bösartige.

Wie unterscheiden Sie die voneinander? Wie sieht das Hinterfragen dann bei Ihnen aus?

Viel weniger kompliziert, als man vielleicht vermuten könnte. Ich präzisiere meine fragenden Nachforschungen einfach. Schritt für Schritt. Selbstverständlich muss man sich dafür auch die nötigen anatomischen und physiologischen Kenntnisse aneignen. Und die hat uns ja die westliche Hochschulmedizin dankenswerter Weise schon in solidem Umfang zur Verfügung gestellt. Hieran sehen Sie, dass man bei meiner Methode den Verstand – und das heißt auch: den bisher angesammelten Fundus des medizinischen Wissens – keinesfalls außen vor lassen darf.

Bei der konkreten Beurteilung, wie in jedem einzelnen Fall dieses Wissen angewendet werden kann und muss, ist die Ratio Ihrer Meinung nach jedoch überfordert?

So ist es. Dann eben kommt das radiästhetisch gestützte Empfinden zum Zuge. Dann setzt die Überprüfung ein, ob man mit der bisherigen Vermutung richtig liegt, ob das geplante therapeutische Vorgehen tatsächlich auch angezeigt ist usw. Und hier beginnt immer wieder das nahezu unerschöpfliche „Ja-Nein-Spiel" der Resonanzen, das Anzeigen von Harmonie oder Dissonanz, von Zustimmung oder Ablehnung. Im Laufe meiner Tätigkeit als Naturarzt habe ich mir dafür noch weitere Untervarianten entwickelt, doch würde es in diesem Gespräch zu weit führen, sie im Einzelnen darzustellen. Die Teilnehmer meiner Kurse haben seinerzeit oftmals mehr als einen Tag benötigt, um sie kennenzulernen und sich praktisch anzueignen.

Eines bitte ich Sie mir in diesem Zusammenhang dennoch zu erklären: Warum bedeutet eine senkrechte Bewegung immer „Ja" und eine waagerechte immer „Nein"?

Immer nicht! Das habe ich nicht gesagt. Ausnahmslos, also generell trifft das jedenfalls bei mir zu, d. h. in dem System, das ich mir bewusst gewählt habe und an das ich nun schon lange gewöhnt bin. Und ich nehme sogar an, dass sogar die meisten radiästhetisch arbeitenden Menschen so vorgehen.

Könnte man die Bewegungen des Tensors willentlich auch genau umgekehrt deuten?

Die Natur scheint mit dem Kopf zu nicken, wenn sie „Ja" sagt.

Warum nicht? Voraussetzung ist jedoch, dass man die dann entgegengesetzte Bedeutung hinreichend trainiert und dass man unbedingt, wie man so sagt, „bei der Stange bleibt". Es hat sich nämlich längst gezeigt, dass der jeweilige Sinngehalt der Tensorbewegungen immer der gewählten Konvention unterliegt. Veranschaulichen lässt sich das gut am Straßenverkehr: Rechtsfahrgebot im kontinentalen Europa und Linksfahrgebot z. B. in Großbritannien. Wenn ich in dieser Beziehung eine der beiden Konventionen selbst auswählen und mich allein nach ihr richten will, dann muss ich mich wohl oder übel zwischen Kontinent und Insel entscheiden. Ähnlich, aber nicht ganz so streng ist es bei der Radiästhesie: Hier steht es jedem frei, zwischen den Konventionen zu wählen oder sich selbst eine auszudenken. Doch wenn man sich einmal für eine entschieden hat, dann muss man sich, wie schon gesagt, möglichst ein für allemal daran halten. Vielleicht könnte man sagen: Der empfindsame Körper des Therapeuten muss auf jeden Fall nachhaltig „geeicht" werden – so oder so!

Sie sagen aber, die Mehrheit der Radiästheten nutzt jene Konvention, bei der die senkrechte Bewegung Positives und die waagerechte Negatives bedeuten.

Ja, aber bitte verstehen Sie das nicht falsch, etwa als eine Einschätzung, eine Art Wertung. Es ist keine generelle

Botschaft von etwas Positivem oder aber Negativem. Es bezieht sich immer nur konkret auf die jeweilige Fragestellung oder die verbale Vorgabe!

Das leuchtet ein. Aber wie kommt es dann wohl, dass die meisten Radiästheten jenem Muster folgen, dem auch Sie sich verschrieben haben?

Darüber habe ich früher auch schon oft nachgedacht. Es könnte sein, dass die von uns mehrheitlich favorisierte Deutung einem verborgenen Mechanismus entspricht, der in unserem Körper biologisch angelegt und deshalb bevorzugt wird. Wer weiß?! Vielleicht ist es eine Art Naturkonstante. Ich will es mal symbolisch ausdrücken: Die Realität scheint „mit dem Kopf zu nicken", wenn sie „Ja" sagen will. Nicht von ungefähr tut das weltweit die übergroße Mehrheit der Menschen.

Beim Gebrauch eines Pendels jedoch weichen dessen Bewegungen von denen einer Ein-Hand-Rute ab.

Das scheint nur so! Schauen Sie sich ein Pendel in Aktion doch einmal aus der Vogel- oder aus der Froschperspektive an. Was sehen Sie da? – Nichts anderes als die bekannten Tensorbewegungen!

Systematische „Fahndung" nach den Defekten

Herr Ferronato, Ihnen geht es, wie Sie sagten, nicht um die Theorie, sondern um die Praxis, die heilende Praxis bzw. die praktische Heilung. Wie gehen Sie dabei vor?

Dafür habe ich mir über die Jahrzehnte hinweg eine bewährte Systematik entwickelt. Der Tensor ist dabei, wie Sie immer wieder erleben können, gewissermaßen mein „treuer Knecht". In seiner Ja-Nein-Sprache ermöglicht er es mir, die einzelnen Körperbereiche des Patienten „abzutasten". Der Betreffende muss dazu, wie gesagt, nicht unbedingt vor mir stehen. Hauptsache, in meiner Vorstellung beziehe ich meine Fragen auf die mehr oder minder abgegrenzten Abschnitte seines Körpers, beispielsweise auf den Kopfbereich, den Hals- den Brustbereich usw. Es ist eine systematische

„Fahndung" nach Defekten, nach Störungen in den verschiedensten Bereichen. Dabei arbeite ich mich immer weiter zu den einzelnen Organen vor, aber auch zu den physiologischen Systemen, wie dem Blutkreislauf, dem Lymphsystem, den Aktionsfeldern des Sympathikus und des Parasympathikus, zu den einzelnen Abschnitten des Verdauungstraktes usw. Kann ich mit dem Tensor eine Störung feststellen, so muss immer noch geklärt werden, ob es eine degenerative oder eine funktionale ist. Auch frage ich, ob der jeweilige Störfall auch bereits ein Notfall ist. Dann würde dessen unmittelbare Behebung keinen Aufschub dulden.

Bei diesem „Abtasten", vor allem auch bei der Beurteilung eines Notfalls, kommen Sie also nicht umhin, Ihr Denksystem „einzuspannen".

Natürlich. Sonst könnte ich gar nicht die richtigen Fragen stellen! Mithilfe des Biotensors kann mein „Sensus" doch, wie schon erklärt, nur Zustimmung oder Ablehnung signalisieren, Resonanz oder Dissonanz, Harmonie oder Disharmonie, Aufbau oder Abbau usw.

usf. Logische Schritte kann er nicht vollziehen. Die müssen vom Verstand vorbereitet und dann auch systematisch gegangen werden. Dazu braucht es solides und detailliertes medizinisches Wissen. Wenn einer keine Ahnung von Anatomie und Physiologie hat, dann wird er in der Diagnose nicht weit kommen. Von Genauigkeit und Treffsicherheit kann dann keine Rede sein. Wenn ich z. B. gar nicht richtig weiß, wie die elementarsten Stoffwechselvorgänge ablaufen, dann nützt mir der beste Biotensor nichts. Auch dann nicht, wenn ich schon gut mit ihm umgehen kann. Nicht anders verhält es sich bei der Auswahl der Heilmittel. Wenn ich keinen Überblick über die jeweils in Frage kommenden Heilpflanzen, die homöopathischen Medikamente und die vielen anderen therapeutisch wirkenden Präparate und Mittel hätte, dann wäre ich trotz richtiger Diagnose recht hilflos. Am besten ist, wenn ich schon vorher weiß, welche davon in den immer wiederkehrenden Fällen sehr wahrscheinlich eingesetzt werden können.

Muss dann vielleicht manchmal doch der Zufall helfen?

Sagen wir mal lieber: Wenn er es „will". Und manchmal hilft er auch tatsächlich. Ich jedenfalls habe das gar nicht so selten erlebt. So kann es bei Ferndiagnosen, noch dazu vielleicht an einem Wochenende, schon mal passieren, dass das geeignete Medikament, das ich entsprechend der Diagnose herausfand, gar nicht gleich zur Hand ist und auch nicht schnell genug beschafft werden kann. Dann ist es durchaus einmal gerechtfertigt, alle im Moment gerade greifbaren Medikamente herbeizuschaffen oder – wenn es sich um eine telefonische Konsultation handelt – herbeischaffen zu lassen und per Ja-Nein-Selektion ein entsprechendes Heilmittel herauszusuchen. Es ist dann vielleicht nicht unbedingt das optimale, aber wenigstens ein einigermaßen passendes. Jedenfalls bis man ein besseres beschaffen kann.

Als ich Sie vor Jahren noch in Ihrer Praxis in Ennetbadens Ehrendinger Straße antraf, waren die Wände Ihrer Räume fast vom Boden bis zur Decke mit Regalen „eingehaust", vollgestopft mit Arzneien. Fanden Sie sich darin noch zurecht, wenn Sie die für eine Therapie geeigneten Mittel heraussuchen wollten?

Mit den Jahren behielt ich zumindest im Groben die Übersicht. Aber Sie haben Recht: Es war nicht einfach. In meinen Regalen und Kästen standen mehr als 10.000 Pflanzenpräparate, Homöopathika, Nosoden, aber auch chemisch hergestellte Arzneimittel. Da kam mir oft eine recht einfache Methode zupass, die ich noch heute anwende. Mit der einen Hand strich ich langsam über die einzelnen Fächer und Kästen. Mit der anderen hielt ich den Tensor und ließ ihn seine „Arbeit" tun. In meinem Kopf steckte gleichsam nur die Frage: „Welches Heilmittel passt?" Der Ja-Ausschlag des Tensors beschert einem da mitunter erst einmal eine ganze Kollektion von Mitteln, aus der noch das optimale „herausgemessen" werden muss. Die Intensität des Tensor-Ausschlags entscheidet dann über die Auswahl des Favoriten. Der Verstand mag da zunächst manchmal noch skeptisch sein. Und das soll er auch! Aber oft findet sich auf diese Weise nicht selten ein ganz besonders wirkungsvolles Medikament. Mit meiner rationalen Vorgabe allein wäre ich sicher niemals darauf gekommen.

Eine gute Methode vor allem dann, wenn rasch geholfen werden muss?

Fast jedes dieser Medikamente ist ein Unikat.

Das stimmt, aber in den seltensten Fällen ist es mit dieser ersten Auswahl schon getan. Meist beginnt jetzt erst noch die eigentliche Arbeit. Denn aus dem zwar allgemein passenden Heilmittel muss die optimal wirkende Arznei „gebastelt" werden, die auf den einzelnen Patienten und seine Krankheit genau zugeschnitten ist.

Der Ausdruck „basteln" ist in der Pharmazie nun nicht gerade üblich. Was gehört denn bei Ihnen alles zu diesem Procedere?

Die Substanz des künftigen Medikaments muss in der Regel verdünnt werden, und es gilt herauszufinden, wie stark und mit welchem Mittel: mit Alkohol oder Wasser, mit einer Kochsalzlösung oder einem anderen gut verträglichen Lösungsmittel. Der fertigen Verdünnung muss dann noch kinetische Energie zugeführt werden.

Und das erfolgt durch leichtes bis mittelstarkes Klopfen des Fläschchens auf einer elastisch-festen Unterlage, die – bei mir jedenfalls – zudem noch verschiedenfarbig ist. Auch hierbei hilft mir der Tensor, z. B. um die notwendige Anzahl der Schläge oder vielleicht auch eine bestimmte Farbgebung dieser Unterlage zu bestimmen.

Auf diese Weise wird also jedes Ihrer Medikamente gleichsam ein Unikat?

Das kann man durchaus so sagen! Es wird ganz individuell auf den betreffenden Patienten, seine Erkrankung und seine energetische Konstitution „zugeschnitten". Zu diesen speziellen Vorgaben gehören auch noch die passende Darreichungsform, oft auch die zu verabreichende Gesamtmenge, auf jeden Fall, wie eigentlich immer schon üblich, die Dosierung, aber auch die Tageszeit und die optimale Dauer der Einnahme, eventuelle Einnahmepausen usw.

Ähnliche Angaben liest man ja auch auf den „Waschzetteln" der von den Apotheken verkauften Standard-Medikamente.

Ja, doch an diese sollen sich in der Regel gleichermaßen all die vielen Patienten halten, denen das Medikament verschrieben wurde. Bei mir aber sind Herstellung und Einnahmemodus ausschließlich individuell ausgerichtet. Ich gehe sogar noch einen Schritt weiter und frage zu guter Letzt auch noch die „Seele" des Patienten, ob das speziell für den Körper zugeschnittene Medikament auch von dieser akzeptiert wird, gewissermaßen von der „letzten Instanz" des Betreffenden. Ich spreche hier lieber vom Vegetativum, abgekürzt „V". Fokussiere ich „V plus" und der Tensor sagt „Ja", dann ist es für den Patienten tatsächlich schon das optimale Heilmittel. Der Tensor kann mir aber auch „V minus" angeben.

War dann alle Mühe umsonst?

Das kommt vor, aber nur sehr selten. Dann muss ich eben die ganze Prozedur überprüfen oder noch einmal von vorn beginnen. Ganz ausschließen lässt sich das nicht. Manchmal könnte es auch damit zusammenhängen, dass ich beim Messen der Arznei zwar das Individuum und die aktuelle Störung berücksichtigt habe, diese aber nicht prioritär ist.

Prioritär? Was meinen Sie denn nun damit?

Senkrechtmessung – Konvention Ferronatos

Unter prioritärer Störung verstehe ich das Schlüssel- oder auch Hintergrundgeschehen einer Erkrankung, das ursprünglich in Unordnung Geratene. Es ist der erste Schaden, der nach dem Muster des Dominoeffekts zu den aktuellen Symptomen geführt hat. Die prioritäre Störung ist sehr oft gar nicht mehr in jenen Beschwerden zu erkennen, die den Patienten zu mir geführt haben. Es wäre jedoch ein Kunstfehler, wenn ich nicht nach ihm suchen würde. Ich habe dafür übrigens eine spezielle Methode entwickelt, die das übliche Ja-Nein-Verhalten des Biotensors erweitert.

Wird damit das Ganze noch komplizierter?

Das hängt davon ab, wie man vorgeht. Ich könnte natürlich ohne Weiteres alle georteten Störungen mithilfe der üblichen Waagerechtmessung einfach nach und nach miteinander vergleichen. Dann würde sich nach einer Vielzahl von Versuchen bzw. Vergleichen eine Art Kausalkette herausschälen. Das habe ich anfangs tatsächlich so gemacht. Aber es führte meistens zu ungenauen Ergebnissen. Inzwischen gehe ich ganz einfach vor: Die Priorität einer Störung, aber auch eines Heilmittels messe ich stets mit senkrecht nach oben gehaltenem Biotensor. Eine leichte Drehbewegung gibt mir dann – nach meiner neuen Konvention – das „Ja" an, d. h. die Bestätigung meiner gedanklichen Vorgabe „prioritär!". Steht der Tensor hingegen still, so muss ich eben weiter suchen.

Sie sprachen von „meiner", also Ihrer Konvention. Wie sind Sie darauf gekommen?

Im Grunde gefühlsmäßig. Diese Senkrechtmessung ist gewissermaßen eine spezielle Vereinbarung mit meinem Unterbewusstsein. Ich habe sie zwar in vielen Kursen meinen Schülern vermittelt, aber, wie schon gesagt: Sie ist – wie die gesamte Tensor- oder Pendel"sprache" – nicht etwa für jeden zwingend. Ich hätte auch nichts dagegen, wenn jemand für seinen Tensor nicht nur neue „Worte", sondern einen ganzen „Dialekt" erfände. Der Kreativität sind wirklich keine Grenzen gesetzt, wenn es darum geht, bestimmten Schwingungsresonanzen einen leicht ablesbaren Ausdruck zu verleihen. Hauptsache, man behält die einmal gewählte Konvention dann auch konsequent bei und schwört, wenn man so will, sein Unterbewusstsein, seinen Sensus darauf ein!

Bedrohliches ist nicht immer auch prioritär!

Kurz noch einmal rückgefragt: Sie meinten, die übliche Waagerechtmessung sei im Hinblick auf die Priorität weniger genau. Wie kommt das?

Meiner Meinung nach können die Folgerungen, die man aus Waagerechtmessungen für die Priorität z. B. einer Störung zieht, sich als ungenau, ja, als falsch erweisen. Sind beispielsweise zwei Organe eines Patienten bereits geschädigt und bewegt sich der Tensor deshalb bei der Zustandsmessung horizontal, also mit negativer Bedeutung, so könnte man sehr leicht den größeren Ausschlag für einen Hinweis auf die prioritäre Schädigung halten. Es kann aber genau umgekehrt sein! Eine stärker fortgeschrittene Schädigung signalisiert zwar sicherlich dringenden Handlungsbedarf. Sie bedeutet aber noch lange nicht, dass sie auch für die Entstehung anderer Schädigungen oder gar für das gesamte Krankheitsbild und den schlechten Gesundheitszustand eines Patienten ursächlich ist und folglich ihre Behandlung Priorität hätte. Ein Beispiel: Der Tensor schlägt bei der Waagerechtmessung der Herz-Kreislauf-Krankheit eines Patienten erheblich stärker aus als beim Messen von dessen gestörtem Fettstoffwechsel. Der logische Schluss wäre: Die Erkrankung des Herzens ist prioritär und es sollte deshalb zuerst therapiert werden. Aber Logik hin, Logik her! Wir können uns dennoch geirrt haben: Die Ursache des Herzschadens kann hier durchaus der gestörte Fettstoffwechsel sein. Das zeigt mir jedenfalls die Senkrechtmessung an. Diese Störung hat also Priorität und muss folglich zuerst behandelt werden.

Auch wenn die auf ihn zurückzuführende Herz-Kreislauf-Schwäche die Lebensqualität ernsthaft beeinträchtigt oder gar schon lebensbedrohlich ist?

Dann muss selbstverständlich ein anderes Gebot greifen – das therapeutische Vorgehen im Notfall! Darauf habe ich schon hingewiesen. Gut, dass ich es an dieser Stelle nochmals hervorheben kann. In einem Notfall muss immer das Organ oder das Organsystem behandelt werden, dessen Störung unmittelbar lebensgefährlich ist. Auch das gibt mir der Tensor aktuell an. Notfall hat immer Vorrang!

In allen anderen Fällen gilt es aber, vor dem Beginn der Therapie immer erst die prioritäre Störung zu finden?

Das entscheidende Glied einer ganzen Kette

Ja. Die Prioritätsmessung ist deshalb so wichtig, weil die äußerlich sichtbaren Symptome oder die Abweichungen von der Norm z. B. beim Blutdruck, bei den Laborwerten usw. oft nur das letzte Glied einer ganzen Kette unterschiedlicher Störungen sind. Diese Kettenglieder hängen meist kausal zusammen, wobei eben in der Regel nur ein einziges den pathologischen Anfang gemacht hat. Um im Bild zu bleiben: An diesem ganz speziellen Kettenglied muss man quasi therapeutisch „ziehen", um letztlich die ganze Kette zu erwischen. Ich könnte auch ein anderes Bild verwenden und sagen: Die prioritäre Störung ist eine Art „Switch-Stelle", ein Schalter oder auch die entscheidende „Weiche", die wieder umgestellt werden muss, damit der ganze Zug der Heilung ins Rollen kommen und die Fahrt in Richtung Gesundheit gehen kann.

Das ist wirklich ein schönes Bild.

Bilder können Zusammenhänge oft klarer wiedergeben als die besten theoretischen Umschreibungen. Wer kennt nicht aus dem Fernsehen die Bilder von den endlos erscheinenden Schlangen girlandenartig aufgestellter Dominosteine, die durch einen einzigen Stoß an den ersten Stein umzufallen beginnen, einer nach dem anderen, bis schließlich die ganze lange Reihe – man denkt an einen riesigen Reißverschluss – am Boden liegt. Das ist eine anschauliche Analogie zum Vorgehen eines guten Therapeuten, der die Priorität in der Diagnose berücksichtigt. Aber ebenso in der Therapie. Denn bereits mit der Beseitigung der prioritären Störung kann der Organismus des Patienten in die Lage versetzt werden, alle weiteren Störungen selbst zu beheben – nach und nach, eine nach der anderen, allmählich oder manchmal innerhalb weniger Stunden oder Tage, wie das in den berühmten Einzelfällen von Spontanheilungen mitunter der Fall ist.

Sicherlich haben auch Sie damit Ihre positiven Erfahrungen gemacht. Aber meistens lassen sich die Erfolge von Therapien weit mehr Zeit. Liegt das vor allem daran, dass die prioritäre Störung nicht gefunden wurde?

In der Schulmedizin ist leider gerade das an der Tagesordnung. Aber nicht etwa, weil die Ärzte per se unfähig wären, diese „Switch"-Stellen zu finden! Es liegt vielmehr daran, dass sie an den Universitäten fast durchweg für die Behandlung von Symptomen und nicht von Ursachen ausgebildet werden. Aber auch wenn man als Therapeut die Behandlung an der Ursache ansetzt, ist es damit noch nicht getan. In vielen Fällen sind die gesundheitlichen Störungen derart verfestigt und die Selbstheilungskräfte des Körpers so geschwächt, dass auch eine am richtigen Ort in Gang gesetzte „Kettenreaktion" unterwegs plötzlich stoppt. Und das möglicherweise nicht nur einmal! Dann bedarf es immer wieder zielgerichteter Impulse, um den gewollten therapeutischen Dominoeffekt erneut auszulösen. In meiner Arbeit war ich deshalb immer sehr darum bemüht, den angestoßenen Heilungsprozess sehr aufmerksam zu verfolgen, um stets punktgenau eingreifen zu können.

Was machen Sie aber, wenn die allererste Schädigung, die vermutlich Ausgangspunkt für die Herausbildung der aktuellen Symptomatik war, für den Patienten heute gar nicht mehr spürbar ist und vom Therapeuten auch nicht mehr aktuell nachgewiesen werden kann?

Auch die Zeit ist überbrückbar!

Das ist eine interessante Frage. In der Anfangszeit meines naturärztlichen Wirkens habe ich mir die auch oft gestellt, wenn ich bei einer Behandlung „auf der Stelle trat". Irgendwann kam mir die Idee, dass beim Arbeiten nach der radiästhetischen Methode nicht nur die Entfernung letztlich keine Rolle spielt, also der Raum generell überbrückt werden kann (wie Sie es selbst miterlebt haben, eben sogar zwischen der Schweiz und Brasilien!). Dieses Phänomen, so dachte ich mir, musste mithin auch im Hinblick auf die Zeit zu beobachten und zu nutzen sein. Also ging ich eines Tages mit meinen Fragen, die mir mein Unterbewusstsein mithilfe des Biotensors beantworten sollte, kurzerhand in die

Vergangenheit zurück. Ich wollte so beispielsweise herausfinden, ob und in welchem Maße meine Patienten in früheren Jahren Schädigungen erfahren hatten. Schädigungen, die vielleicht heute überhaupt nicht mehr nachweisbar sind, aber sehr wohl ihre Spuren als Beschwerden hinterlassen haben – für den heutigen Betrachter scheinbar zusammenhanglos. So wie ich bei der Zustandsmessung den aktuellen Körper gedanklich in Abschnitte unterteilte, um ihn „abzufragen", so tastete ich mich jetzt mental in dessen Vergangenheit zurück, und zwar systematisch nach Jahren und Jahrzehnten. Dieses Vorgehen nenne ich retrograde Diagnose, und sie gehört inzwischen zu meinem täglich gebrauchten Handwerkszeug.

Heißt das, Sie „schauen" in eine Art Körpergedächtnis des Patienten?

„Alte Sünden" fordern lange ihren Tribut.

So kann man es durchaus sagen. Ich mache dabei zurückliegende negative „Inputs" dingfest, die dort

„eingraviert" sind? Dieses Körpergedächtnis funktioniert, wenn man so will, als Matrix für störende Befehle. Deren heutige Ausführung führt eben oft zu den aktuellen Beschwerden.

Und wenn nun der Körper solche negativen Befehle schon längere Zeit nicht mehr befolgt? Heißt das dann, der betreffende Mensch ist wieder gesund?

Meistens ist das nur scheinbar der Fall. Warum aber trotz des Weiterbestehens von krankmachender Information im Körper dennoch aktuelle Symptomfreiheit herrschen kann, darüber lässt sich bisher allerdings nur rätseln. Mag sein, dass in solchen Fällen eine gute Abwehrlage lange Zeit für den nötigen Schutz sorgt. Oder es ist einfach der Kraft der jungen Jahre zu verdanken. Wenn ich aber mit dem Tensor in der Zeit zurück gehe, dann stoße ich nicht selten auf nie bemerkte oder aber längst vergessene Vergiftungen – Impfschäden aus der Kindheit, sogar auf Schädigungen noch im Mutterleib oder während des Geburtsvorgangs. Man glaubt kaum, wie sehr heutzutage ein Embryo bereits vor seiner Geburt von der chemisch –

und zunehmend auch elektromagnetisch – verschmutzten Umwelt beeinträchtigt sein kann. Die Folgen werden erst viel später sichtbar. Gerade diese „alten Sünden" fordern irgendwann im Leben ihren Tribut, und zwar nachhaltig, oft auch erst im Alter. Derartige „Eintragungen" sind in Bezug auf aktuelle Leiden mitunter sogar prioritär, d. h. sie sind – direkt oder indirekt – deren entscheidende Ursache. Eben deshalb müssen sie möglichst vor jeder weiteren Behandlung „gelöscht" werden.

Gelöscht? Wie lässt sich das denn erreichen?

In sehr vielen Fällen gelingt das mit der Gabe entsprechender Nosoden. Das sind homöopathisch aufbereitete Krankheitsstoffe aller Art, z. B. sogar von Krebsgewebe. Bei Vergiftungen sind das meist starke homöopathische Verdünnungen des wahrscheinlich früher vom Körper aufgenommenen Schadstoffs. Deren therapeutischer Einsatz bewirkt dann die entsprechenden Abwehr- und Ausscheidungsreaktionen. Bekanntlich arbeitet man in der Naturheilkunde schon längere Zeit sehr erfolgreich damit. Wenn Sie Genaueres darüber erfahren möchten, bieten Ihnen die Arbeiten von Dr. Reckeweg ein umfangreiches Wissen.

Was aber ist zu tun, wenn die Schädigungen eher erblich bedingt sind?

Dann muss man, wenn das noch möglich ist, im familiären Umfeld suchen. Ich kann mich gut an einen solchen Fall erinnern. Es handelte sich um ein gelähmtes Kind. Wir mussten nicht lange nachforschen. Sein Onkel war nämlich ebenfalls gelähmt. Wir entnahmen diesem Onkel eine Blutprobe und stellten daraus eine Nosode für seinen Neffen her. Überraschend schnell konnte dieser damit seine Beweglichkeit wiedererlangen.

Das hört sich nun aber wirklich wieder nach einem Wunder an!

„Verschachtelte" Prioritäten im Visier

Mag sein. Es ist aber eine belegte Tatsache. Und wer Zweifel daran hat, kann die Fakten gern nachprüfen. In den meisten Fällen gestaltet sich allerdings ein solcher Heilungsverlauf zugegebenermaßen doch ein wenig komplizierter. Mir ist es nämlich nicht selten passiert, dass ich nach der Löschung eines prioritären Schadens einen zweiten und dritten messe und danach eventuell noch weitere jeweils wieder vorrangige Schwachstellen. Die müssen zwar möglichst rasch behandelt werden, aber immer nur schrittweise, immer nach der jeweiligen Priorität.

Solche, wie soll ich sagen, „verschachtelten" Prioritäten treten auf diese Weise nur nach und nach ans Licht. Sie müssen aber unbedingt erkannt werden, wenn der Patient wirklich geheilt werden will. Oft wechseln dann in einer ganzen Kette Diagnosen und Therapien einander ab. Gar nicht so selten habe ich bis zu zehn und mehr dieser Therapieschritte gehen müssen, bevor eine umfassende Heilung des kranken Körpers einsetzen konnte.

Unterlaufen Ihnen bei diesem offensichtlich gar nicht so einfachen Vorgehen auch Fehler? Bleibt der gewünschte Erfolg nicht doch hin und wieder aus?

Ja, wem passiert das nicht?! Ich bin auch nur ein Mensch! Besonders wenn ich übermüdet bin, schleichen sich hin und wieder Messfehler ein. Dann lehne ich es in der Regel aber auch ab, Patienten zu behandeln. In Notsituationen kann man sich allerdings nur schwer verweigern. Dann muss man jedoch, um Irrtümer möglichst zu vermeiden, lieber wiederholte Male messen und geduldig versuchen, sich gewissermaßen von verschiedenen Seiten an die gesuchten Antworten heranzutasten.

Heißt das, auch Sie mussten sich zuweilen mit Misserfolgen abfinden?

Vor allem nicht schaden!

Keine Frage! Nicht immer hatte ich mit meinen Therapien Erfolge. Doch spreche ich in diesen Fällen nicht von Miss-, sondern von Nicht-Erfolgen. Und das ist keine sinnlose Wortspielerei. Es gab bei mir keine Misserfolge in dem Sinne, dass dem Patienten Schaden zugefügt worden wäre, wie das – bei aller gebotenen

Hochachtung! – der Hochschulmedizin leider noch viel zu oft passiert. Jedenfalls sind in meiner Praxis bisher weder Patienten noch deren Angehörige mit solcher Klage vorstellig geworden. Der hippokratische Grundsatz „Vor allem nicht schaden!" war und ist für mich und meine naturheilkundlichen Therapien nicht nur oberstes Gebot, sondern zugegebenermaßen auch gar nicht so schwer zu realisieren. Da hat es die Schulmedizin mit ihren chemischen Medikamenten und ihren technischen Apparaturen schon wesentlich schwerer. Aber, wie gesagt, Nichterfolge hatte ich natürlich auch. Es wäre dumm, das nicht wahrhaben zu wollen.

Auf der Suche nach einem Wunderdoktor wäre ich bei Ihnen also an der falschen Adresse?

Auf jeden Fall! Meine Therapien griffen leider nicht immer, jedenfalls nicht immer sofort und nicht jedes Mal auch umfassend. Das lag aber, und das muss ich auch sagen, nicht selten daran, dass Patienten zu ungeduldig waren und deshalb die Behandlung abbrachen oder aber parallel sich völlig andersartigen Therapien unterzogen, auf die ich keinen Einfluss hatte. Gegen die schlimmsten Nebenwirkungen einer bei Krebs bis zum bittern Ende beibehaltenen Chemotherapie beispielsweise ist jeder Naturarzt nahezu machtlos. Auch ich.

Alle Ihre Diagnosen und Therapien basierten und basieren wesentlich auf Ihrer Arbeit mit dem Biotensor. Konnte der Ihnen aber nicht zuweilen doch „einen Streich" spielen und Ihnen ein „Ja" signalisieren, wo in diesem oder jenem Fall vielleicht eher ein „Nein" richtig gewesen wäre?

Wenn der „Sensus" nicht bei Laune ist

Sicher. Aber den Biotensor trifft da kaum eine Schuld, sehr wohl jedoch meinen „Sensus" bzw. mein autonomes Empfindungs- und Reaktionssystem, was dasselbe ist. Immer dann, wenn dieses – aus welchem Grunde auch immer – mir seinen Dienst versagte, quasi nicht „bei Laune" war oder mehr schlecht als recht arbeitete, war ich nicht oder nur bedingt messfähig. Das kann jedem passieren. Nur muss man sich im Hinblick auf eine solche Möglichkeit stets unnachsichtig prüfen und darf nicht leichtfertig darüber hinwegsehen. Wer nicht messfähig ist, sollte keine Behandlung beginnen oder fortsetzen, die sich auf die Radiästhesie stützt.

Wodurch könnte denn die Messfähigkeit eines radiästhetisch arbeitenden Therapeuten beeinträchtigt werden?

Vor allem durch ein schlechtes Messmilieu. Darunter verstehe ich vor allem die objektiven Bedingungen, unter denen der Messvorgang stattfindet. Messungen können ungenau sein oder auch vollkommen verfälscht werden, wenn sich die Beteiligten in einer geopathogenen Zone aufhalten: über einer Wasserader, auf Kreuzungspunkten des Hartmann- oder des Currygitters, aber ebenso im Bereich starker elektrischer, magnetischer oder auch elektromagnetischer Felder. Die Räumlichkeiten der eigenen Praxis sollte der Therapeut vor ihrer Einrichtung unbedingt auf solche Zonen hin testen. Wohnung bzw. Geschäftsräume des Nachbarn sowie die Wohnstätten der jeweiligen Patienten – z. B. wenn man bei ihnen

Hausbesuche macht – dürfen natürlich nicht weniger außer Acht gelassen werden.

Könnte da nicht vielleicht auch der Rat eines anerkannten Baubiologen von Nutzen sein?

Jede Hilfe ist da durchaus willkommen. Notfalls muss man einfach einen kleinen Ortswechsel in Erwägung ziehen.

Sie sagten aber auch, Sie würden keinesfalls messen, wenn Sie müde sind.

Ja, diese Einschränkung gehört zu den subjektiven Bedingungen. Denn auch der gesundheitliche Zustand des Therapeuten selbst spielt keine geringe Rolle. Wenn ich beispielsweise gerade dabei bin, einen grippalen Infekt zu überwinden oder wenn ich nach langer Arbeit mit Übermüdung kämpfen muss oder auch sonst unter besonderem Stress stehe, dann sollte ich im Interesse meiner Patienten solange die Finger von radiästhetischen Messungen lassen, bis ich wieder völlig o. k. bin.

Und wer überprüft das?

In der Regel muss dies der Therapeut schon selber tun. Dafür gibt es bestimmte Methoden, die ich in all meinen Kursen stets vermittelt habe. Besonders Anfänger sind oft außerstande, die eigene aktuelle Messfähigkeit zu bestimmen. Das aber ist unerlässlich!

Muss man bei den Patienten – also auf der passiven Seite Ihrer Messung – gleichfalls die subjektiven Bedingungen berücksichtigen? Mit einer vollkommenen Gesundheit bzw. mit hinreichender Fitness ist bei ihnen ja wohl kaum zu rechnen!

Die „Crux" paralleler Therapien

Da haben Sie Recht. Es gibt auch bei ihnen Bedingungen, die man nicht außer Acht lassen sollte. Die Messbarkeit eines Patienten kann durch alles Mögliche negativ beeinflusst sein. Vielleicht nimmt er zum gegenwärtigen Zeitpunkt gerade starke schulmedizinische Medikamente, oder er hält irgendeine bestimmte Diät ein. Das muss der Therapeut unbedingt wissen bzw. in Erfahrung bringen. Ich habe nicht erst einmal den Fall gehabt, dass man mir eine parallel durchgeführte Behandlung verschwieg. Doch kann mir auch da notfalls ein Test mit dem Tensor Klarheit verschaffen.

Unter solchen Umständen behandeln Sie dann gar nicht?

In einem klärenden Gespräch lässt sich da vieles regeln. Aber noch wichtiger als die Messbarkeit ist die Frage, ob es der aktuelle Allgemeinzustand des Patienten überhaupt erlaubt, dass ich die Krankheit, die ihn zu mir geführt hat, ohne besondere Vorbereitung zu therapieren versuche. Mitunter ist es nämlich durchaus möglich, dass ich ihm in diesem Moment damit mehr schade als nütze.

Was kann denn gegen eine sanfte Behandlung sprechen, noch dazu wenn der Patient diese ausdrücklich wünscht?

Manchmal kann ein Erkrankter sogar die „sanfteste" Therapie nicht verkraften. Einfach deshalb, weil er über zu wenig Reaktionsenergie verfügt.

Reaktionsenergie? Was ist das bzw. was verstehen Sie unter diesem Begriff?

Heilung ist immer eine Selbstreparatur.

Um das zu erklären muss ich ein wenig weiter ausholen: Die Heilung eines kranken Menschen ist ihrem Wesen nach immer eine Selbstheilung, eine Selbstreparatur des Organismus. Und das seit jeher! Das ist eigentlich auch bekannt. Aber je mehr die Zivilisation unserer Spezies fortschritt, umso mehr bedurften wir für diese Art Selbstreparatur der Unterstützung oder gar des aktiven Eingriffs von außen. Wenn wir heutzutage krank sind, dann suchen wir in der Regel einen Arzt auf oder einen Therapeuten, wünschen wir uns also eine Behandlung durch andere. Das ist auch völlig in Ordnung. Eine Therapie aber – sei es nun die Verabreichung eines Medikaments oder das Setzen von bestimmten Reizen:

Wärme, Kälte, Massage, elektrische oder magnetische Behandlungen und vieles andere – all das kann für den Organismus letztlich nicht mehr sein als eine Art positiver „Agent Provocateur". Sie ist ein unterschiedlich intensiver und mehr oder minder oft wiederholter Anstoß für den Körper, mit den inneren Reparaturarbeiten zu beginnen bzw. diese zu beschleunigen. So wie dem Turnschüler am Barren oder am Reck wird ihm dafür dann auch noch Hilfestellung gegeben – eine äußere Unterstützung wie Gipsverbände, Schienen, Krücken, Fäden, Klammern usw., aber auch innere Helfer wie Medikamente oder passende Diäten. Die zur Reparatur selbst notwendige Arbeit aber muss der Organismus schon allein leisten!

„Medicus curat, natura sanat" sollen die alten Römer dazu gesagt haben.

Genau. Der Arzt behandelt, die Natur heilt. Aber weiter: Wenn wir uns noch etwas an den Schulunterricht im Fach Physik erinnern, so wissen wir, dass Arbeit gleich Kraft mal Weg ist. Also: Ohne Energie geht eben nichts! Beim

Reparieren von krankhaften Zuständen muss unser Körper eine Menge Arbeit leisten, muss er in Aktion treten, genauer gesagt: in eine Re-Aktion, ein Re-Agieren sowohl auf die Schädigungen, die Störungen, das in Unordnung Gebrachte als auch auf die durch die Therapie gesetzten Reize. Die Energie, die er dafür benötigt, nenne ich deshalb Reaktionsenergie.

Welche Konsequenzen ergeben sich daraus für Sie?

Die Patienten nicht „zu Boden therapieren"!

Ich muss mich vor jeder Behandlung eines Patienten unbedingt vergewissern, ob seine Reaktionsenergie für eine Therapie noch ausreicht. Was nützt es denn, wenn ich zwar das optimale Medikament für ihn gefunden habe, er aber die Kraft zur Gesundung nicht mehr hat?! Solange das Niveau seiner Reaktionsenergie zu niedrig ist, verfehle ich mein therapeutisches Ziel. Dann „streikt" der Körper des Patienten, d. h. er beginnt gar nicht mit den Reparaturarbeiten, die ich anregen will, oder aber er bricht sie ab. Ja, es kann dann noch über kommen: Ich gefährde ihn möglicherweise sogar mit meinen sicher gut gemeinten Maßnahmen! Nämlich dann, wenn der Körper sich durch diese Maßnahmen aufgefordert fühlt, seine letzten Energiereserven aufzubrauchen, um doch noch auf den therapeutischen Stimulus zu reagieren. Das kann niemals zum beabsichtigten Effekt führen. Im Gegenteil: Damit verbraucht er gerade jene Energie, die er benötigt, um schlichtweg am Leben zu bleiben.

So schlimm wird es aber sicherlich nur selten kommen.

Das hängt davon ab, über wie viel Reaktionsenergie der Kranke insgesamt noch verfügt und wie aggressiv die verabreichten Medikamente sind. Ich habe derartige Situationen nicht selten bei Krebspatienten erlebt, die unter Missachtung ihrer energetischen Notlage von ihren Ärzten wortwörtlich bis zum letzen Atemzug behandelt wurden, und das in diesem negativen Sinne. Auch wenn in den meisten dieser Fälle sicherlich die allerbesten Absichten damit verbunden waren.

Kann man die jeweils aktuelle Reaktionsenergie eines Patienten überhaupt messen? Und wenn ja, wie machen Sie das dann?

Rein schulwissenschaftlich bzw. schulmedizinisch ist diese Messung bislang weder möglich, noch wird sie überhaupt für notwendig erachtet. Die komplementäre Medizin aber kennt dafür schon seit längerer Zeit verschiedene Methoden. Ein erfahrener Therapeut mit guten Kenntnissen meiner Pathophysiognomik oder anderer Systeme der Antlitzdiagnostik wird bereits am Gesicht des Patienten ablesen können, ob es diesem aktuell an der nötigen Reaktionsenergie mangelt. Wer nach dem Vorbild der „Elektroakupunktur nach Voll" – meist abgekürzt EAV genannt – mit elektronischen Geräten arbeitet, wählt dafür die mehr technische Version der Energieanzeige. Ich selbst arbeite aber auch hierbei überwiegend mit dem Biotensor.

Könnten Sie das hier einmal näher beschreiben?

„Herr Meier, Reaktionsenergie, 100 Prozent"

Ich versuche es, und zwar, wenn es recht ist, wieder mit einer bildlichen Umschreibung: Ein Trinkglas, ganz gleich, ob von kleiner, mittlerer oder eher stattlicher Größe, kann nie mehr als zu hundert Prozent gefüllt sein. Dies, obwohl die absoluten Einfüllmengen natürlich in der Regel variieren. Ähnlich verhält es sich bei uns Menschen mit unserem „Vorrat" an Reaktionsenergie. Unabhängig von dessen jeweils absolutem Umfang besitzen wir im Verhältnis zu unseren energieabhängigen Körpervorgängen davon entweder genug oder aber zu wenig. Insofern drängt es sich geradezu auf, für die Messung dieser Energie eine Prozentskala zu benutzen. Ganz konkret: Beispielsweise sage ich oder denke: „Herr Meier, Reaktionsenergie, 100 Prozent". Dabei beobachte ich den Ausschlag meines Biotensors. Ein senkrechter Ausschlag bedeutet, wie Sie ja wissen, bei mir ein „Ja". In diesem Falle heißt das: Der Patient verfügt über ein volles Reservoir an Reaktionsenergie. Schlägt der Tensor hingegen waagerecht aus, dann ist dieser „Speicher" nicht gefüllt. Folglich artikuliere ich nunmehr eine

Prozentskala – meist in Zehner- und Fünfer-Schritten – Stufe um Stufe abwärts. An jenem „Eichstrich", an dem der Tensor wieder beginnt, vertikal zu schwingen, habe ich das Maß an Reaktionsenergie gefunden, über das der betreffende Patient gegenwärtig verfügt.

Bezieht sich dieses Messergebnis nur auf den gesamten Körper oder auch auf einzelne Organe?

Gut, dass Sie dies fragen. Sofern ich mich auf den ganzen Patienten als eine Einheit von Körper, Geist und Seele konzentriere, dann gibt mir der Tensor natürlich das Gesamtniveau an. Richte ich meinen Focus jedoch auf einzelne Organe, Gewebe oder Funktionskomplexe wie z. B. das endokrine oder das Lymphsystem, so messe ich eben speziell deren Reaktionsenergie. Und die kann sich mitunter erheblich von der des gesamten Menschen unterscheiden. Das muss ich bei jeder Therapie beachten.

Bleiben wir der Einfachheit halber beim Gesamtniveau und gehen von oben nach unten: Bis zu welcher Prozentzahl darf Ihrer Meinung nach therapiert werden?

Und ab welcher wäre es schon bedenklich oder gar lebensgefährlich?

Bei nur 30 Prozent droht schon Lebensgefahr!

Je mehr Reaktionsenergie vorhanden ist, umso besser ist es für die Therapie. Bei einem Niveau zwischen 100 und 80 Prozent bestehen deshalb keine Bedenken gegen eine Behandlung. Bereits bei nur 80 Prozent ist es aber immer von Vorteil, die Reaktionsenergie erst einmal auf 100 zu bringen, bevor man mit einer Therapie beginnt. Ein Wert unter 50 sagt mir dann: Da ist schon Vorsicht geboten! Wenn er jedoch auf 30 Prozent oder gar noch darunter sinkt, dann kann jede noch so erprobte Behandlung schon lebensgefährlich sein. Wenn jetzt nicht unverzüglich energiesteigernde Maßnahmen getroffen werden, kann der Beginn einer Therapie die Reaktionsenergie unter 20 Prozent sinken lassen und damit den Tod des Patienten herbeiführen. Denn bei weniger als einem Fünftel besteht in den allermeisten Fällen für den betreffenden Menschen keine Überlebenschance mehr, auch wenn er zu dieser Zeit überhaupt nicht an einer akuten Erkrankung leidet.

Umgekehrt kann jemand mit Beschwerden, die sogar als bedenklich eingestuft und zudem möglicherweise auch als besonders schlimm erlebt werden, dennoch über das volle Maß an Reaktionsenergie verfügen. Dann vermag er meistens auch jede vernünftige Therapie zu verkraften.

Kann die von Ihnen postulierte Reaktionsenergie praktisch auch den Wert Null erreichen?

Ja. Dann ist der Patient tot. Und Sie werden es nicht glauben: Auch in diesem Falle lässt sich das sogar aus der Ferne messen. Wenn mich beispielsweise ein schwer Erkrankter über längere Zeit nicht aufgesucht hat und ich in dieser Hinsicht etwas über ihn erfahren möchte, dann fokussiere ich mich manchmal anhand eines Bildes auf ihn. Allein meine visuelle Vorstellung von ihm reicht mir jetzt aus, um eine gültige Antwort auf meine Frage nach seiner Reaktionsenergie zu erhalten. Bei negativem Ausschlag des Tensors muss ich dann mit hoher Sicherheit damit rechnen, dass der betreffende Patient bereits verstorben ist. In der Regel bestätigt sich das auch. Diese Erfahrung habe ich nicht nur einmal machen müssen.

Auch hierbei funktioniert mithin allem Anschein nach Ihre „Messung" auf Distanz. Wichtiger wäre aber wohl Folgendes: Einmal angenommen, der „worst case" ist noch nicht eingetreten. Lässt sich ein schon bedenkliches Defizit an der nötigen Reaktionsenergie überhaupt wieder „auffüllen"?

Ein Glas gutes Wasser wirkt oft Wunder.

Durchaus! Dafür gibt es eine Palette von Möglichkeiten. Zunächst sollte man schädigende Umweltfaktoren ausschalten oder wenigstens minimieren, untaugliche Medikamente ausschleichen, Schadstoffe und Schlacken aus dem Körper ausleiten…

… was aber ebenfalls eine Menge Energie verbraucht!

Ja, deshalb eignen sich Ausleitungsverfahren auch nicht für Patienten mit einer bereits ausgesprochen niedrigen

Reaktionsenergie. Bei noch moderaten Werten jedoch kann man sich guten Gewissens dazu entschließen. Dann kommt es allerdings immer auf die Bilanz an. Man muss sich stets fragen, was „unterm Strich" für den Patienten herauskommt. Ganz allgemein darf man sagen, dass alles das gut für ihn ist, was ihm seine Ängste nimmt, was ihm Selbstvertrauen schenkt und vor allem Hoffnung. Das ist eine alte Weisheit. Deshalb wirkt auch manchmal ein Placebo wahre Wunder. Nicht selten auch eine intensive Beziehung zum Göttlichen, zum Kosmos oder wie immer man das geistige Prinzip, um das es dabei geht, bezeichnen möchte.

Heißt das, im Hinblick auf die Reaktionsenergie kann der Patient vorwiegend nur aus seinem Inneren schöpfen?

Nicht nur! Sogenannte Geistheiler vermögen etwa durch Handauflegen oder „Besprechen", aber auch durch Gebet oder eine andere mentale Fokussierung Energie auf den Patienten zu übertragen.

Auch aus der Ferne?

Warum nicht? Dass es auf dieser Ebene der Realität eigentlich keine Distanz gibt, kann ich nicht oft genug unterstreichen. Darauf beruht nicht nur ein Großteil meiner praktischen Arbeit. Dazu gibt es inzwischen auch wissenschaftliche Studien.

Doch zurück zu den weniger mystisch anmutenden Methoden: Die aktuelle Reaktionsenergie lässt sich auch gut mit Gaben von zyklischem Adenosinmonophosphat (cAMP) und Coenzym bzw. Coenzym compositum anheben. Vertreter der niederenergetischen Medizin haben zudem eine ganze Reihe technischer Verfahren entwickelt, mit denen sich – meist computergestützt – die fehlende Reaktionsenergie aufladen lässt. Aber es geht auch viel einfacher: Sichern Sie umgehend den normalen Wasserhaushalt! Ausreichendes Trinken hilft in vielen solchen Fällen. Es ist erstaunlich, wie bereits einige Schluck guten Wassers das Energieniveau anzuheben vermögen. Und maßvolle Bewegung an frischer Luft verbessert die Sauerstoffzuführung oft effektiver als ein hochmodernes Sauerstoffgerät.

Leise Hilferufe unseres Körpers

Herr Ferronato, Sie sprachen davon, dass Ihre Lehre von der Pathophysiognomik und auch andere Systeme der Antlitzdiagnostik dem Therapeuten sehr gut dabei helfen, den Zustand seiner Patienten recht schnell zu erfassen, unter anderem auch den „Vorrat" an Reaktionsenergie. Ihr entsprechendes Lehrbuch „Pathophysiognomik. Atlas der organ- und funktionsspezifischen Krankheitszeichen im Gesicht" hat schon einige Auflagen erlebt, die letzte – überarbeitet und erweitert – vor kurzem wieder im Haug-Verlag. Könnte man den doch ungewohnten Begriff der Pathophysiognomik vielleicht auch eindeutschen und sagen: Antlitzdiagnostik nach Natale Ferronato?

Wem das Fremdwort Schwierigkeiten machen sollte, der kann meine Methode ruhig so nennen. Denn ihrem Wesen nach ist meine Pathophysiognomik eine ganz bestimmte Antlitzdiagnostik. Es ist schon sehr lange her, dass ich begonnen hatte, sie Merkmal für Merkmal zu entwickeln. Inzwischen hat sie weithin Schule gemacht, aber es entwickelten sich auch einige andere, etwas unterschiedliche Verfahren, mit denen man ganz ähnlich aus Veränderungen im Gesicht – mitunter auch aus weiteren Arealen des Körpers – wichtige diagnostische Schlüsse ziehen kann.

Worauf fußen eigentlich all diese Methoden?

Zum einen sicher darauf, dass sämtliche Zellen als Teile unseres Körpers auf irgendeine, allerdings noch wenig erforschte Weise unmittelbar miteinander verbunden sind. Im Rahmen dieser komplizierten „Verzahnung" der Teile untereinander und mit dem Ganzen sendet der Organismus wahrscheinlich ständig auch eine Vielzahl von Signalen, welche uns Kunde davon geben, dass verschiedene Körpervorgänge gestört sind. Es handelt sich aus unserer Sicht um eine Art leiser Hilferufe. Diese Zeichen lassen sich z. B. an den verschiedensten uns zugänglichen Stellen der Körperoberfläche ablesen. An den einen sicher mehr, an anderen eher weniger. Ein besonders aussagefähiger Bereich aber ist nach meiner

Erfahrung unser Gesicht. Und ich durfte frühzeitig lernen, darin zu lesen.

Was alles können Sie inzwischen dem Bild unseres Antlitzes entnehmen?

Ich konzentriere mich vor allem auf frühe und früheste Anzeichen pathologischer Prozesse. Das sind nämlich nicht nur eine Art Metaphern derzeit bereits ablaufender Störungen bzw. Krankheiten, sondern oft auch schon Warnsignale eines künftigen krankhaften Geschehens, von Beschwerden, die wahrscheinlich sehr bald oder aber demnächst auftreten werden.

In unserem komplizierten Organismus laufen bekanntlich in jeder Sekunde viele Millionen Stoffwechselvorgänge ab. Wie die Harmonie eines großen Konzerts von einem Dirigenten, so wird dieser Lebensprozess von einer Art Steuerungszentrale aus dirigiert, kontrolliert und auch koordiniert. Die geringsten Unregelmäßigkeiten können, wenn sie der Körper nicht rechtzeitig korrigiert, zum Ausgangspunkt schwerer Erkrankungen werden. Diese ersten Anfänge und so manches frühe Stadium einer

Krankheit vermag aber selbst die moderne medizinische Diagnostik nicht zu erkennen.

Ihre Pathophysiognomik hingegen kann das leisten?

Zumindest in Ansätzen. Die Veränderungen, die sich im äußeren Bild der verschiedenen Hautareale des Gesichts feststellen lassen, sind zwar auf den ersten Blick oft nur geringfügig. Der Laie bemerkt sie meistens gar nicht. Für den in dieser Methode erfahrenen Diagnostiker jedoch besitzen sie eine gewichtige Aussagekraft. Er muss nur genau hinschauen!

Ich möchte jedoch zunächst nochmals auf das generelle Prinzip dieses Diagnoseverfahrens zu sprechen kommen: Das autonome Steuerungssystem unseres Organismus registriert alle aktuellen Störungen sofort und versucht sie auch stets so schnell wie möglich beheben zu lassen. Das gelingt ihm aber nicht immer. Vor allem dann nicht, wenn das Denken und das von ihm gelenkte Verhalten nicht „mitspielen". Denn wie oft werden doch von uns die krankmachenden Faktoren übersehen oder auch bewusst nicht ausgeschaltet, sondern eher noch verstärkt!

Mal ein wenig vermenschlicht ausgedrückt, könnte man es so beschreiben: In einem solchen Fall „meldet" die besagte Steuerungszentrale die aufgetretenen Störungen unserem Denksystem über äußere Zeichen, gleichsam in der Hoffnung, diese doch sonst so kluge Instanz möge dadurch auch in dieser Beziehung etwas aufmerksamer werden. Diese Signale zeigen sich auf den verschiedenen Hautbereichen des Gesichts, an der Zunge, an den Finger- und Fußnägeln und an so manch anderer Stelle unseres Körpers. Die typischen Veränderungen, die sich bei den verschiedensten Krankheiten deutlich z. B. auf der Regenbogenhaut der Augen abzeichnen, werden in der Irisdiagnostik schon recht lange genutzt. Meist erst viel später kommen als Warnsignale unterschiedliche Schmerzen und eine Menge anderer Symptome hinzu. Jetzt wird es in der Regel ernst, und zuweilen ist dann aber das Kind schon in den Brunnen gefallen!

Von welcher Art sind die von Ihnen entdeckten Warnsignale auf der Haut?

Bedeutung für eine diagnostische Aussage haben hier sowohl die Färbung der einzelnen Areale, die Hautspannung und die Struktur der Haut – ob sie z. B. fein- oder grobporig ist, ob und wo sie Falten und Furchen aufweist oder Schwellungen. Manchmal ist es auch wichtig, ob und wo Äderchen an die Oberfläche treten usw.

Könnten aber all diese Veränderungen nicht auch einfach nur die Folge von äußeren Einwirkungen auf die Haut sein, z. B. durch eine Reizung oder Verletzung?

Natürlich kann das einmal der Fall sein. Der in meiner Methode erfahrene Diagnostiker kann das aber sehr wohl erkennen. Eine Sache der Erfahrung war es auch, die einzelnen Bereiche und Zonen des Gesichts hinreichend genau den verschiedenen Organen und Funktionskreisen des Körpers zuzuordnen. Diese Zuordnung bildet ja die Grundlage und den Kern meiner Pathophysiognomik.

Wie ist eigentlich dieser Begriff rein sprachlich zu erklären?

Der Begriff kommt von den griechischen Worten „pathos", das Leiden, und „physiognomein", was in etwa so viel bedeutet wie jemanden nach seinem Aussehen zu beurteilen. Es ist in meinem Verständnis also eine Lehre von den Krankheitszeichen im Gesicht. Es versteht sich, dass der Therapeut die oft filigranen Signale nur dann richtig erkennen und deuten kann, wenn er neben einer guten Beobachtungsgabe und einer entsprechenden Erfahrung auch über ausreichende Kenntnisse in der Anatomie und der Pathophysiologie des Menschen verfügt.

Wegbereiter für die gründlicheren Diagnosen

Wenn Sie nun einen Patienten vor sich haben und seine Beschwerden diagnostizieren wollen, um ihn richtig behandeln zu können, reichen Ihnen dafür bereits diese Zeichen im Gesicht aus?

Natürlich nicht. Wir haben ja ausführlich vor allem über mein radiästhetisches Vorgehen gesprochen. Doch ich nutze die Pathophysiognomik gewissermaßen als ersten, aber doch recht sicheren Wegbereiter für die weiteren, gründlicheren Diagnosen. Denn mir ist völlig klar: Die Skala der Krankheitszeichen, die uns das autonome Steuerungssystem des Körpers auf vielerlei Art sichtbar macht, ist mit den Zeichen im Gesicht noch längst nicht erschöpft. Die erfahrenen ganzheitlich arbeitenden Ärzte und Therapeuten vermögen beim Patienten auch aus einer Vielzahl weiterer Phänomene – nicht zuletzt auch aus dessen Verhaltensweisen – Rückschlüsse auf dessen jeweiligen inneren Zustand zu schließen. Auch ich bediene mich selbstverständlich einiger der dabei üblichen Methoden. Sie hier alle darzulegen, würde sicherlich zu weit führen.

Eine davon aber könnte vielleicht das Bild ein wenig abrunden.

Nun, nehmen wir dafür meinetwegen noch die Klopfdiagnostik. Bei diesem Verfahren wird mit der Spitze des Mittelfingers einer Hand die gesamte Schädeldecke abgeklopft – von Ohr zu Ohr und vom

Occiput, dem Hinterhaupt, bis zur Linie über den Augenbrauen. Ist der Patient gesund, bleibt die hörbare Resonanz an allen Punkten hell und klar. Sind die Resonanzen dumpf oder kaum vernehmbar, so zeigt dies z. B. Lymphstauungen unterschiedlicher Stärke an. Aber wie gesagt: Als Wegweiser für die weitere Arbeit mit dem Biotensor nutze ich in erster Linie immer noch meine Pathophysiognomik.

Wie sind Sie eigentlich auf diese Methode gekommen?

„Ich schaute mir die Leute an."

Meine ersten, ganz persönlichen Erfahrungen mit der Möglichkeit, akute, chronische, aber auch gerade erst im Entstehen begriffene Krankheiten im Gesicht eines Menschen zu erkennen, habe ich bereits als 14-jähriger Knabe machen können. Meine Mutter war eine erfahrene Lazarett-Krankenschwester aus dem Ersten Weltkrieg. Zu ihr kamen damals viele Patienten. Diesen Menschen versuchte sie nach eigenem Wissen oder entsprechend den Verordnungen von Ärzten zu helfen, meist mit natürlichen Heilmitteln. Wann immer es mir erlaubt war und so oft ich konnte, saß ich neben der Mutter und beobachtete die Kranken. Ich schaute mir die Leute an. Bald fiel mir auf, dass ihre Gesichter oft ganz anders aussahen als die von Gesunden. Vor allem betraf das ihre Färbung an den unterschiedlichsten Stellen. Und nach und nach erwarb ich die Fähigkeit, daraus Informationen darüber zu gewinnen, unter welchen gesundheitlichen Störungen die betreffenden Patienten litten.

Später hörte ich von Kursen, in denen man es auf der Basis der Lehre von Carl Huter lernte, ebenfalls aus dem Gesicht bestimmte Entwicklungslinien der jeweiligen Persönlichkeit, deren Charakterzüge oder psychische Befindlichkeiten abzulesen. Von diesen Kursen habe ich seinerzeit einige besucht. Ganz unabhängig davon fuhr ich unbeirrt fort, meine eigenen Beobachtungen der Physiognomie kranker Menschen anzustellen. Mit der Zeit vermochte ich zu meiner Überraschung, aus meinen Erkenntnissen gewisse Gesetzmäßigkeiten abzuleiten. Und im Laufe der Jahre fügte ich schließlich aus all diesen Erfahrungen mein System der Pathophysiognomik zusammen. Wen dieses System ernsthaft und im Detail interessiert, den muss ich auf die neueste Fassung meines Buches darüber verweisen.

Ihr System blieb, wie Sie sagten, nicht das einzige, nach dem Krankheitszeichen aus dem Gesicht gelesen werden können. Wurde es auch von der etablierten Wissenschaft anerkannt?

Offiziell sicher nicht. Doch meine Zuordnungen der Gesichts-Areale zu einzelnen Organen, ferner auch die Interpretation ihrer Farbe und ihres Aussehens konnten inzwischen wiederholt empirisch nachgewiesen werden. Auch gab es nach nunmehr über sechs Jahrzehnten Praxis bei klinischen Überprüfungen immer wieder positive Resultate, und zwar auf der Basis anerkannter Methoden schulmedizinischer Diagnostik. Schließlich ist es auch mein Prinzip, jeweils nach einer pathophysiognomischen Diagnose eine Kontrollanamnese zu machen. Und: Jede meiner Deutungen von Krankheitszeichen im Gesicht überprüfe und vertiefe ich mithilfe des Biotensors oder des Pendels.

Wenn nun eine begonnene Behandlung anschlägt, verändern sich dann die Krankheitszeichen im Gesicht?

Ja, nach und nach. Ist das richtige Medikament eingesetzt worden und zeigt deshalb Wirkung, so „verblassen" im Laufe der Therapie die Farbauffälligkeiten wieder bzw. kehrt das gesunde Bild der betreffenden Bereiche zurück. Das Aussehen des Patienten bewegt sich wieder hin zur Norm. Beim Einsatz eines nicht optimalen oder gar eines falschen Mittels hingegen bleiben die betreffenden Zeichen so, wie sie sind, oder aber sie verstärken sich noch.

Wäre dann Ihre Pathophysiognomik ein Instrument sowohl der Diagnose als auch der Verlaufskontrolle?

Ja, und außerdem sogar noch eine Starthilfe für eine ganz spezielle Therapie.

Nämlich?

Um das zu schildern, muss ich etwas weiter ausholen und Ihnen noch eine kleine Geschichte erzählen.

Eingangstore auch für eine Therapie

Zu den Therapeuten, die wiederholt an meinen Kursen teilnahmen, gehörte auch ein sehr begabter Akupunkteur, ein junger Mann mit Namen Johannes. Der erwähnte eines Tages mehr beiläufig, dass er es in seiner eigenen Naturheilpraxis probiert habe, an den von mir entdeckten pathophysiognomischen Zonen im Gesicht Nadeln zu setzen, also auch zu therapieren.

Sie selbst machten das aber damals noch nicht? Eine Neuerung also auch für Sie?

Eben. Zudem schenkte ich damals dieser interessanten Bemerkung des jungen Herrn Johannes leider nicht gleich die gebührende Aufmerksamkeit. Warum auch immer! Irgendwie ging dieser Gedanke damals in den Aktivitäten des Kurses unter. Dennoch muss ich ihn in meinem Unterbewusstsein wohl an exponierter Stelle gespeichert haben. Denn anders wären die Schritte nicht zu erklären, die ich bald mehr intuitiv als absichtlich in dieser Richtung unternahm.

Es war kurz danach, und zwar auf einer Vortragsreise durch China, die meine Pathophysiognomik zum Thema hatte. Bei einem in nächster Nähe sitzenden Zuhörer fiel mir auf, dass ein bestimmtes Areal seines Gesichtes deutliche Veränderungen aufwies – an jener Stelle, die den Zustand der Mitralklappe des Herzens anzeigt. Eine auffällig helle Färbung signalisierte mir bei ihm eine beginnende Herzinsuffizienz. Spontan kam mir die Idee, genau diese Stelle zu akupunktieren, und der Mann war damit auch einverstanden.

Und hatten Sie damit Erfolg?

Erstaunlich schnell. Das hatte ich eigentlich gar nicht so erwartet. Es war doch ein ganz spontaner Versuch. Aber der Mann meinte schon unmittelbar danach, er fühle sich merklich besser, ...

... was man auch dem Placebo-Effekt hätte zurechnen können.

Das wäre wohl nicht einmal das Schlechteste gewesen! Doch heute bin ich längst davon überzeugt, dass es kein Placebo war, sondern die unmittelbare Folge davon, dass ich die Nadel genau an einem jener Punkte gesetzt hatte, deren Aussehen mir sonst eine verlässliche Diagnose ermöglichen. Damals allerdings gab ich noch nicht allzu viel darauf, und die ganze Sache geriet bei mir für mindestens zehn Jahre wieder in Vergessenheit. Erst im Spätsommer 2004 überkam mich wiederum der innere Drang, eine pathophysiognomische Beobachtung an Ort und Stelle in eine Therapie münden zu lassen. Das war auf einer der Therapeutenkonferenzen, die regelmäßig im niedersächsischen Ort Loccum stattfanden. Bei einer der vielen Teilnehmerinnen entdeckte ich beiläufig einige pathophysiognomische Anzeichen für die Folgen von übermäßigem Stress. Eine ganz bestimmte Stelle in ihrem Gesicht war nämlich auffallend verändert. Mit ihrem Einverständnis drückte ich mit meinem Fingernagel lediglich ganz kurz auf diese Stelle. Die Frau gestand mir sofort, ihre quälende Müdigkeit sei gleichsam schlagartig von ihr gewichen. Zumindest vorübergehend.

Und wie fiel die fällige Nachkontrolle aus?

Die konnte damals leider nicht stattfinden. Aber selbst wenn dazu Zeit und Gelegenheit gewesen wäre, musste dieser Fall auch wieder lediglich eine Episode bleiben. Wenigstens zunächst; denn immerhin löste er nun bei mir den ernsthaften Vorsatz aus, mich systematisch mit dieser Behandlungsmöglichkeit zu befassen. Unmittelbar nach dieser Loccumer Tagung begann ich jedenfalls, bei Patienten – aber auch im eigenen Familienkreis – innerhalb von pathophysiognomischen Arealen immer mehr solcher Punkte ausfindig zu machen, die vermutlich auf eine Druckbehandlung ansprachen.

Wie haben sie die denn praktisch herausgefunden?

Zunächst einfach durch Probieren. Aber bald half mir mein Biotensor bei der Suche und bei der notwendigen

Überprüfung. Mit der Zeit wurden die Ergebnisse immer punktgenauer. Und schließlich entstand daraus eine erste „Landkarte" von Stellen im Gesicht – ich nenne sie „Energiepunkte" –, an denen sich pathophysiognomische Diagnose und Therapie miteinander kombinieren lassen.

All die Methoden, die Sie, Herr Ferronato, im Laufe Ihres Lebens entwickelt und mit viel Erfolg angewandt haben, wurden indes bisher von der medizinischen Wissenschaft nicht offiziell anerkannt. Wie konnten Sie in all den Jahren mit dieser Tatsache leben?

Der Natur nicht diktieren, sondern zuhören!

Ich habe diese überwiegende Ablehnung immer bedauert, vor allem auch im Hinblick auf die Patienten, die doch die eigentlich Leidtragenden dieser Art von Ignoranz sind. Indes hat es mich in meiner Arbeit weder behindert noch gestört. Ich empfinde zwar, wie schon gesagt, große Hochachtung vor der Wissenschaft, aber bekanntlich beschert sie uns nicht nur Großartiges, sondern auch eine Menge Probleme. Dies nicht zuletzt, weil sie im

Wesentlichen nur aus der Ratio kommt und meint, allein dieser gegenüber Rechenschaft ablegen zu müssen, die Welt der Gefühle und der Intuitionen jedoch ungestraft übersehen zu können.

Auf dem Türschild Ihrer Praxis las ich unter Ihrem Familiennamen den Begriff „Naturarzt". Den kennt man in Deutschland so nicht. Er entspricht wohl dem des Heilpraktikers hierzulande. Könnte es aber nicht sein, dass die Schweizer Bezeichnung das Anliegen Ihres Berufes besser trifft als es die deutsche vermag?

Da mögen Sie sicherlich Recht haben. Der Begriff „Naturarzt" steht in meinen Augen für ein ganz bestimmtes Berufsverständnis, für ein eindeutig auf die Natur orientiertes Programm. Geht es doch bei der naturheilkundlichen Behandlung vor allem darum, intensiv und beständig in die Natur „hineinzuhören". Nur so können wir ihr doch wirklich Genüge tun. Die heutige Hochschulmedizin ist zwar in ihrem Wissen und in ihrer „Technologie" außerordentlich weit gekommen, aber sie zielt in ihren Anstrengungen vor allem und zunehmend auf das Bemühen, die Natur zu beherrschen und kaum darauf, ihr zuzuhören und, als Konsequenz, ihr in einem gebotenen Maß auch zu gehorchen.

Sie beobachtet und erkundet aber die Natur eigentlich schon immer sehr aufmerksam und im Verlaufe ihres Fortschritts vor allem immer genauer!

Das schon! Aber sie hält es nicht für nötig, mit ihr zu kommunizieren. Ja, sie versteht das meist auch gar nicht, oder gar nicht *mehr*! Den Preis dafür bezahlen letztlich die Patienten, die allerdings selbst meist schon vergessen haben, dass sie trotz des vielbeschworenen Fortschritts noch immer ein Teil der Natur sind und das in aller Zukunft auch bleiben werden.

Dennoch lehnen Sie, wie Sie in unserem Gespräch betont haben, die Errungenschaften der modernen Medizin überhaupt nicht ab.

Nein, wie könnte ich das auch! Ich habe unter den wissenschaftlich arbeitenden Ärzten nicht nur gute

Freunde, sondern verdanke einigen von ihnen sogar mein Leben. Vor allem zu Chirurgen pflegte ich immer sehr gute Kontakte.

Warum ausgerechnet zu den Chirurgen, die doch manchmal in dem zweifelhaften Ruf stehen, unseren Körper, also unsere Natur, etwas rüde zurechtzustutzen?

Ja, es wird tatsächlich viel zu schnell zum Messer gegriffen, und das ist längst auch von der Ärzteschaft selbst kritisiert worden. Es mutet doch wirklich fast schon kriminell an, wenn bei einem ansonsten notwendigen, vielleicht sogar lebensrettenden Eingriff im Abdominalbereich der Wurmfortsatz des Blinddarms routinemäßig gleich mit herausgeschnitten wird nach dem Motto: Was nicht mehr vorhanden ist, macht später keine Probleme mehr. Dabei ist doch der Appendix anerkanntermaßen ein nicht unwichtiger Teil unseres Immunsystems!
Dennoch halte ich gerade die Chirurgie für jenes Gebiet der Medizin, auf dem ein betont rationales, ja geradezu

technisches Vorgehen am ehesten gerechtfertigt, ja mitunter sogar unverzichtbar ist.

Trifft das nicht auch für das Impfen zu, das regelrecht zu einer Routinehandlung geworden ist? Hierbei gelingt es doch im Prinzip, dem Organismus mit relativ harmlosen Mitteln einen ernsten Angriff vorzutäuschen, der ihn veranlasst, die Wehrhaftigkeit seines Immunsystems auszubauen. Sie aber haben da offenbar Vorbehalte, denn Sie sprechen bei Ihren Diagnosen gar nicht so selten von Impfschäden, die angeblich oft lange zurückliegen.

Ja. Auf die stoße ich leider in der Tat immer wieder. Doch das stellt das Impfprinzip als solches keinesfalls generell in Frage. Ich kritisiere lediglich die konkreten Umstände, unter denen geimpft wird, und warne oft auch vor einigen bedenklichen Zusatzstoffen. Die sind nämlich meiner Ansicht nach für die Immunisierung gar nicht notwendig. Die Indianer Brasiliens beispielsweise, die ich wiederholt besuchen durfte, haben schon seit jeher geimpft – mit Bienen- und mit Ameisengift und mit so manchen anderen toxischen Naturstoffen, die wir in Europa gar nicht kennen. Ein gesunder Körper lernt es durch die Konfrontation mit den in Spuren verabreichten Giften bzw. Keimen, sich dagegen zu verteidigen. Das wissen wir spätestens seit Edward Jenners erster Impfung mit den Erregern der Kuhpocken. Wenn wir aber gerade durch Krankheit oder ungünstige Umstände geschwächt sind, dann funktioniert dieser Lernprozess nicht! Dann nehmen wir Schaden! Mit den Folgen – sehr oft sind das Stoffwechselstörungen – hat der Körper nicht selten ein Leben lang zu kämpfen und zeigt das mit Beschwerden, über deren Diagnose und Therapie sich Ärzte mitunter vergebens die Köpfe zerbrechen.

In der nachvollziehbaren Volksmeinung wird die Fähigkeit eines Heilkundigen – ganz gleich, ob nun Hochschul- oder Naturmediziner – vielfach auch daran gemessen, was er zur Abwehr und Überwindung der bisher oft am meisten gefürchteten Krankheiten, nämlich der verschiedenen Tumorerkrankungen, beitragen kann. Haben Sie selbst schon Krebs heilen dürfen?

Echte Krebsvorsorge gilt frühen Störungen.

Ich muss Sie zunächst an das erinnern, was wir vorhin gesagt haben: Der Arzt behandelt nur; allein die Natur kann heilen. Ich weiß selbstverständlich, dass sich die Öffentlichkeit von Seiten der Heilkunst besonders bei Tumorerkrankungen sowohl erfolgreiche Therapien als auch wirklich vorbeugende Maßnahmen wünscht. Das ist auch richtig. In meinem Leben als Naturarzt habe ich nicht wenige Krebskranke behandelt. Und auch ich hatte dabei nicht selten Erfolg. Freilich längst nicht in jedem Fall. Wir haben ja schon über das Thema Nichterfolge gesprochen. Eine der Besonderheiten der Krebskrankheit besteht nach meiner Erfahrung darin, dass ihre Auslöser meist ausgesprochen früh „tätig" werden, ganz gleich welcher Art sie sind – ob nun überwiegend organisch oder aber psychisch. Die Messungen mit dem Biotensor haben mir bei meinen Diagnosen jedenfalls besonders häufig entsprechende Stoffwechselstörungen signalisiert, die das bösartige Wachstum der Zellen oft schon vor längerer Zeit auf den Weg brachten und dann anhaltend begünstigten. Echte Krebsvorsorge ist deshalb nach meinem Verständnis eine Früherkennung von Störungen, also jener Disharmonien im Körper, die ich bereits am Anfang unseres Gesprächs erwähnte. Leider kommen die Krebspatienten zu den Naturärzten in der Regel erst sehr spät, meist erst dann, wenn schon aggressiv behandelt worden ist und das Immunsystem deshalb gleichsam kapituliert hat. Häufig ist es dann eben wirklich zu spät, und die Patienten erwarten nun von uns geradezu Wunder. Wenn die aber nicht eintreten, dann kreidet man das der Naturmedizin an. Tritt aber trotz alledem ein überraschender Behandlungserfolg ein, so habe ich schon des Öfteren die Behauptung hören müssen, es könne sich dann keinesfalls um Krebs oder eine andere – angeblich unheilbare – Krankheit gehandelt haben.

Wenn man jedoch nicht umhin kommt, eine Genesung anzuerkennen, dann war's eben der Placebo-Effekt.

Ja, aber auch der wird eigentlich völlig unterschätzt und von der Wissenschaft noch gar nicht in seinem Wesen verstanden. Doch mit dieser noch weithin anzutreffenden Ignoranz schadet sich die etablierte Medizin eher selbst.

Wäre es deshalb nicht zu wünschen, dass deren Vertreter die Methoden der Naturheilkunde, wie auch Sie sie entwickelt haben, ernster nähmen, sie vorurteilsfrei untersuchten und auf diese Weise auch mehr als bisher nutzen könnten?

Genau das ist mein Wunsch für die Zukunft, und ich bin da trotz mancher gegenteiliger Erfahrung recht optimistisch. Es war immer mein Traum, dass irgendwo in Europa staatlicherseits der Mut aufgebracht wird, eine den bisherigen Hochschulen gleichgestellte Universität für Naturmedizin aufzubauen sowie entsprechende Experimentalkliniken einzurichten. In ihnen könnten Schulmediziner und Naturheilkundler verantwortungsvoll und gleichberechtigt zusammenarbeiten. Sehr zum Nutzen der Patienten! Die Tatsache, dass es dazu bereits jetzt hin und wieder erste Ansätze gibt, stimmt mich zuversichtlich.

Solche Einrichtungen wären sicherlich nicht nur ein Stück Anerkennung für Ihre lebenslangen Erfahrungen, sondern auch eine Zukunftschance für die Realisierung der interessanten Gedanken, die der Leser des vorliegenden Büchleins von Ihnen erfahren durfte.

*

Nachwort des Verfassers

Meine erste Begegnung mit Natale Ferronato war von Skepsis begleitet. Hatte ich doch gerade Zeugnis von einer jener Fatalitäten erhalten, die er im vorstehenden Gespräch nun als „Nichterfolge" bezeichnet. Eine gute Bekannte war, weil an Krebs erkrankt und deshalb an bislang ungewöhnlichen Therapiemethoden interessiert, zusammen mit ihrem sehr rational veranlagten Mann in den kleinen Schweizer Ort Ennetbaden gefahren, um sich von dem bereits weithin bekannten Naturarzt behandeln zu lassen. Ich erfuhr damals gar nicht, welche Ursachen für die Tumorbildung er bei dieser Frau ausgemacht haben wollte und was er ihr alles verordnet bzw. angeraten hatte. Fest stand aber leider schon binnen Jahresfrist, dass der Krebs sich nicht eindämmen ließ und schließlich das Leben der Patientin einfordern würde. Nach dem Besuch in der Schweiz hatte diese jedoch auf Anraten Ferronatos viele Monate regelmäßig einen deutschen Arzt mit einer ganzheitlichen Ausrichtung konsultiert. Von ihm erfuhr ich nach dem traurigen Ende, dass seine Patientin sich parallel zu seiner Behandlung immer wieder sehr aggressiven Therapien unterzogen hatte, er indes seine am Konzept des Schweizers orientierten Bemühungen trotz alledem nicht habe abbrechen wollen. Leider sei es ihm aber letzten Endes nicht gelungen, jene Folgen „auszubügeln", welche die nicht nur Krebszellen tötenden „Geschützsalven" der Chemotherapie bei der Frau damals immer wieder anrichteten.

Von diesem der Naturheilkunde zugetanen Arzt erfuhr ich dann auch, dass Natale Ferronato mit gewisser Regelmäßigkeit im schönen brandenburgischen Bad Saarow vor Interessenten Vorträge über die Grundlagen seiner natürlichen Behandlungsweise hielt. Zu einem dieser Veranstaltungen war auch ich eingeladen worden. Das von Ferronato dort vorgestellte Konzept und seine diversen Verweise auf Erkenntnisse und Vermutungen moderner Physik schienen mir damals, ehrlich gesagt, mehr verwirrend als plausibel. Dennoch lösten sie in mir den Wunsch aus, diesen im wahrsten Wortsinn eigenartigen Menschen und seine Arbeitsweise näher kennenzulernen, was ich dann auch über Jahre hinweg und mit vielen Besuchen realisieren durfte.

Eine sich daraus entwickelnde Freundschaft erlaubte es mir sogar bald, die radiästhetischen Fähigkeiten dieses Mannes, die Zuverlässigkeit seiner mit Pendel bzw. Rute erfolgenden „Messungen" zu überprüfen – auf meine zwar laienhafte, aber dennoch genügend strenge und anfangs sogar ein wenig beargwöhnende Weise. So drängte ich ihn z. B. mehrmals, im Beisein weiterer Zeugen die Aufgabe zu lösen, jeweils drei oder manchmal auch vier gleiche und gleichermaßen wassergefüllte Gläser „auszupendeln". Mit anderen Worten: Er hatte – allein radiästhetisch – auf Anhieb herauszufinden, in welches dieser Gläser wir zuvor in seiner Abwesenheit einige Tropfen einer bestimmten farb- und geruchlosen Chemikalie gegeben hatten. Zum Erstaunen aller Beteiligten bestand er jeden dieser Tests.

Immer dann, wenn ich anderen von diesen mysteriös anmutenden Dingen erzählte, versetzte mich die skeptische Reaktion so mancher Adressaten gedanklich in meine Kindheit. Mein Vater, der – obwohl promovierter Naturwissenschaftler – solchen Dingen gegenüber ziemlich aufgeschlossen war, hatte mir schon frühzeitig eine Geschichte erzählt, die mir bis heute nicht mehr aus dem Kopfe ging – die Story von einer Gruppe angeblich superdünner, aber mit Bewusstsein begabter Briefmarken. Letztere wurden gleichsam aus heiterem Himmel mit den Folgen konfrontiert, zu denen der plötzliche Stich mit einer Nadel – wohlgemerkt: von oben! – in die Oberfläche eines Exemplars dieser wahrnehmenden Postwertzeichen geführt hatte. Für die davon nun betroffene, aber ebenso für alle umliegenden Marken war dieses Ereignis regelrecht furchterregend, zumindest aber etwas gespenstisch. Denn die Realität, in der sie selbst seit jeher existierten, hatte doch in diesem Gedankenexperiment wegen der infinitesimal „auf null" abgesenkten Papierstärke lediglich zwei Dimensionen – die Länge und die Breite. Ein Oben, woher ja die stechende Nadel gekommen war, gab es deshalb für sie de facto nicht. Darum kommentierte die wohl halb wissenschaftlich, halb religiös dominierte Öffentlichkeit jener Briefmarken-Gesellschaft den mysteriösen Fall offiziell so: Es konnte sich nur um zweierlei handeln – entweder um Betrug oder aber um ein Wunder. Letzteres war überdies per se nicht zu erklären, ja, für einige durfte es sogar aus Prinzip nicht hinterfragt werden. Auf die immerhin recht naheliegende Idee, dass es neben den „wissenschaftlich allgemein anerkannten" Dimensionen Länge und Breite, welche das Weltbild der hauchdünnen Briefmarken bestimmten, vielleicht noch eine dritte, nämlich die Höhe, geben könnte, kam niemand – allenfalls eine Handvoll als „Spinner" Verschriene. Die aber äußerten ihre ketzerische Vermutung lediglich unter Gleichgesinnten. Einige in der etablierten Wissenschaft besonders versierten Hüter der Briefmarken-Räson indes warteten alsbald mit einer „astreinen" Erklärung auf: Besagtes Loch habe selbstverständlich und wie zu erwarten gar keine unerklärliche Ursache, sondern sei ganz offensichtlich, zumindest aber sehr wahrscheinlich dadurch entstanden, dass eine Art „innere Spannung" die betroffene Briefmarkenfläche punktuell aufgerissen habe. Um eine Einwirkung „von oben", wie dies von einigen Esoterikern behauptet werde, könne es sich jedenfalls nicht handeln, da es aus wissenschaftlicher Sicht eine dritte Dimension nicht gebe, ja definitiv gar nicht geben könne. Punktum!

Diese Geschichte, von der ich immer ehrfurchtsvoll geglaubt hatte, mein Vater habe sie selbst erfunden, stammte, worauf ich viel später stieß, im Kern von dem englischen Autor Edwin A. Abbott, genauer aus dem Sujet seines Büchleins „Flatland. Eine phantastische Geschichte über viele Dimensionen". Mein Vater hatte die Story nur zurechtgestutzt und gleichzeitig mit seinen eigenen Überlegungen etwas ausgesponnen. Jedenfalls musste ich an dieses Gleichnis denken, als Natale Ferronato bei meinem abendlichen Besuch in seiner Ennetbadener Praxis von jener zusätzlichen „Leitung" sprach, über die er sich – wie es schien, spukähnlich – mit einem aktuellen Geschehen im fernen Brasilien verbunden hatte.

Man könnte gewiss die „zusätzliche Leitung" Ferronatos, die er, wie aus unserem Gespräch hervorgeht, offenbar täglich für seine Arbeit nutzt, in eine andere Dimension verlegen. Wie bekannt ist, haben ernstzunehmende

Mathematiker schon von einer Vielzahl weiterer Dimensionen gesprochen, die nach ihrer Auffassung zumindest theoretisch denkbar seien. Aber was brächte uns das?! Brauchen wir tatsächlich hierfür schon eine Art Jenseits? Genauso gut könnte diese wundersame Art von Kommunikation doch auf noch völlig diesseitigen, als natürlich bezeichneten Wegen geschehen. Vielleicht werden hierbei Kanäle genutzt, die zwar ausschließlich im Hier und Jetzt unserer gewohnten Welt liegen, die wir aber entweder noch nicht oder aber vielleicht nicht mehr kennen und erkennen. Denn Tiere und sogenannte „primitive" Völker scheinen, anders als wir, für solche Verbindungen einen siebten Sinn zu haben, mit dem sie – oft lebenserhaltend – problemlos umzugehen vermögen. Für die meisten von uns „Zivilisierten" und überdies noch „wissenschaftlich Aufgeklärten" bleibt ein solcher verlorengegangener Sinn jedoch eine noch relativ seltene Ausnahme und auf jeden Fall ein gewiss noch auf absehbare Zeit unbegreifliches Mirakel.

Ein ähnliches Schicksal der meist etwas belächelnden Ausgrenzung erfährt immer noch die kaum besser verstandene Kraft des Mentalen – das Potenzial unseres Bewusstseins, vor allem das seines verborgenen „Löwenanteils", unseres Unterbewusstseins. Das vorliegende Büchlein will mit der Vorstellung eines erfahrenen Therapeuten, der sich zur Realisierung seiner Methode sehr geübt dieser Art inneren Erkennens bedient, dazu beitragen, Vorurteile abzubauen. Es hat nun freilich weder die Potenz noch die Absicht, die Lösung der damit verbundenen Rätsel voranzubringen. Es reiht sich lediglich in die immer zahlreicher werdenden Veröffentlichungen ein, welche sich weltanschauliche Unvoreingenommenheit zum Ziel setzen. Denn diese ist vor allem deshalb fruchtbar und geboten, weil sie zuallererst nach dem wohlverstandenen Nutzen einer Idee oder einer Methode fragt und deren Akzeptanz nicht von ihrer Erklärbarkeit abhängig macht.

Wie schwer sich jedoch diejenigen tun, die lieber an Gewohntem festhalten, illustriert ein Witz, den ich vor vielen Jahren einmal auf einem Basler Kongress hörte: Kommt ein Bauer zu einem Wissenschaftler und sagt: Hören Sie, ich habe eine Kuh, die sprechen kann.

Antwortet der kluge Mann: Glaube ich nicht. Bring sie mir her! Und der Bauer brachte ihm die Kuh. Sie konnte tatsächlich sprechen. Sagte jetzt der Wissenschaftler: Glaube ich dennoch nicht. Bring mir zehn solcher Kühe!

Auf dem Gebiet der Radiästhesie gibt es längst mehr als zehn „sprechende Kühe". Staunen aber darf man dennoch bei all dem, was mein Gesprächspartner Natale Ferronato in seinem langen und erfolgreichen Leben als Naturarzt zuwege brachte. Denn es ist offensichtlich wahr, was der kanadische Mediziner ungarischer Herkunft und „Vater der Stressforschung" Hans Selye einmal sinngemäß so formulierte: Es ist einer so gut wie tot, der nicht mehr staunen kann.

Günter Baumgart

Kleines Glossar

Biotensor
Ein von Dr. Josef Oberbach entwickeltes polarisiertes Testgerät in Form einer schwingungsfähigen metallischen Gerte mit Griff und Ring als Kopfteil. Es soll im Gebrauch durch einen für Strahlungen aller Art sensiblen Menschen energetische Zustände von elektrischen, magnetischen und atomaren Strukturen in der Natur anzeigen können.

Ein-Hand-Rute
Oberbegriff für alle jene äußerst flexiblen Gerten, die – ähnlich dem Biotensor – von radiästhetisch sensiblen und geübten Menschen vor allem zur „Messung" energetischer Zustände materieller Objekte, u. a. lebender Organismen, aber auch von Raumqualitäten benutzt werden. Die Ruten bestehen meist aus einem starken Metalldraht mit Holzgriff und einem oft recht unterschiedlich konstruierten, schwingungsverstärkenden Kopfteil. Im Unterschied zu den mit beiden Händen zu haltenden traditionellen Wünschelruten, die seit jeher zum Erkunden von Wasserquellen bzw. von optimalen Stellen für den Brunnenbau benutzt werden, ist diese Art von Ruten, wie der Name schon sagt, lediglich mit einer Hand zu bedienen.

geopathogene Zone
Bereich auf der Erdoberfläche, der infolge verschiedener natürlicher Einflüsse krank machen kann

Hartmann- und Currygitter
Von den Ärzten Dr. Hartmann und Dr. Curry unabhängig voneinander entdeckte, sich über den gesamten Globus erstreckende Gitterlinien, die sich radiästhetisch orten lassen und die – von der etablierten Wissenschaft allerdings noch nicht anerkannt – krankmachende Wirkungen haben können.

muten
Ursprünglich aus der Bergmannssprache für das Beantragen der Genehmigung eines Abbaus, heute sinnverwandt von den Vertretern der Radiästhesie gebraucht für ein Orten von unterirdischen Wasserläufen und geopathogenen Einflüssen eines Territoriums (mithilfe von Pendeln oder sogenannten Ruten)

pathologisch
krankhaft verändert

Pathophysiologie
Teilgebiet der Medizin, das sich mit den Krankheitsvorgängen und Funktionsstörungen des Organismus befasst

Priorität
Hier gebraucht für vorrangigen, zeitlich vorhergehenden und bestimmenden Stellenwert eines ursächlichen gestörten Körpervorganges

Radiästhesie
Lehre der Wirkungen von (meist verborgener, der modernen Wissenschaft in der Regel noch unbekannter) Strahlung auf Organismen, auch gebraucht als Bezeichnung der Methode, diese Strahlungen und ihre Ursachen auf der Basis der natürlichen Feinfühligkeit besonders dafür begabter Menschen ohne moderne technische Hilfsmittel zu orten.

Anhang

Dem gesunden Menschenverstand mag es schwer fallen,...

Die Position einer Physikerin

Im vorstehenden Gespräch mit Natale Ferronato bezieht sich dieser auch auf Gedanken der Physikerin Dr. Noemi Kempe, von denen er Jahre zuvor in einer Zeitschrift gelesen hatte. Es handelt sich dabei um ein Interview, das diese russischdeutsche Wissenschaftlerin im Jahre 2001 der Zeitschrift „BIO" gegeben hatte. Im Folgenden – auszugsweise – die entsprechende Textstelle:

Wenn aber einer behauptet, er könne sogar aus großer Entfernung, allein anhand von Fotos oder Skizzen eine Raumqualität bestimmen und Wasseradern orten, ist das dann noch ernst zu nehmen?

Dem gesunden Menschenverstand mag es schwer fallen, das zu glauben, aber ein Muten „auf Distanz" ist durchaus möglich! Wir selbst haben schon einige Jahre auf diese Weise gearbeitet und auf der Basis kartographischer Darstellungen eines Areals geopathogene Zonen ausgewiesen. Diese Zeichnungen werden „eingenordet", wie man das bei der Arbeit mit Karte und Kompass macht, und dann tasten wir die betreffende Abbildung mit dem Finger oder einem spitzen Gegenstand ab und testen gleichzeitig mit der Rute. Wir haben damit sehr oft sogar bessere Ergebnisse erzielt als vor Ort. Selbstverständlich überprüfen wir sie stets noch in der Realität, und zwar dreifach: sowohl mit der Rute, als auch mit dem Magnetometer, als auch durch Messung der Homöostase involvierter Personen.

Und dieses etwas rätselhafte Verfahren funktioniert tatsächlich?

Ja, es funktioniert. Fragen Sie mich aber bitte nicht, wie!
…

In ihrem Heft 3/2007 veröffentlichte die Zeitschrift „PROVOkant" ebenfalls ein ausführliches Interview mit der hier erwähnten Wissenschaftlerin. Es soll hier vollständig wiedergegeben werden. Seine zentralen Aussagen stützen die Methoden Ferronatos deutlich, ohne jedoch konkret darauf Bezug zu nehmen.

Im Spielfeld des Magnetismus

Sind „Erdstrahlen" eine Tatsache? / Wie unvoreingenommene Wissenschaft angeblichen Humbug ernst nimmt

Wenn Menschen behaupten, mit der Wünschelrute Wasseradern orten zu können, dann ernten sie heutzutage meist Skepsis. Nahe am Aberglauben schon vermutet man jemanden, der meint, durch so genannte Erdstrahlen krank geworden zu sein. Und wenn das gar ein Arzt für möglich hält, so muss dies wohl ein halber Scharlatan sein. Denn: Was man – mit unseren alltäglichen Sinnen und/oder der ihnen helfenden Messtechnik – nicht nachweisen kann, das kann es nun mal nicht geben. Was aber, wenn sich gestandene Wissenschaftler unvoreingenommen mit derartigen Phänomenen befassen und dabei angebliche Esoterik in handfestes Wissen verwandeln? „PROVOkant" besuchte in Österreich eine Frau, die als „bekennende Schulwissenschaftlerin" seit mehr als 10 Jahren solche Erscheinungen untersucht: Dr. Noemi Kempe, Leiterin des Instituts für Biosensorik und Bioenergetische Umweltforschung in Lieboch bei Graz.

PROVOkant: Für uns aufgeklärte Menschen, die wir meinen, mit beiden Beinen in der Welt zu stehen, gehören Rutengänger, die Wasseradern muten, eher ins Mittelalter. Erst recht jene Leute, die einem Pendelausschlag entnehmen wollen, unsere Wohnung sei mit krankmachenden „Erdstrahlen" belastet. Was sagen Sie als Physikerin dazu?

Dr. Noemi Kempe: Die Phänomene, von denen Sie sprechen, sind kein Spuk, sondern – das möchte ich klipp und klar sagen – objektive physikalische Realität. Daran ändert auch nichts, dass wir sie bis vor kurzem fast ausschließlich mit einer Art „sechstem Sinn" registrieren konnten. Gerade dieser Umstand aber hat diese Erscheinungen ins Reich des Mysteriösen gerückt. Völlig zu Unrecht! Damit will ich keineswegs abstreiten, dass sich auf diesem Gebiet nicht wenige Scharlatane tummeln. Aber die gibt es anderswo auch.

Also existieren die ominösen Erdstrahlen wirklich?

In der Wissenschaft verwenden wir diesen Ausdruck nicht. Wir fassen all jene Phänomene mit dem Begriff der Raumqualität. Dazu zählen die altbekannten Wasseradern ebenso wie die von den Ärzten Dr. Hartmann und Dr. Curry entdeckten Gitterlinien, besonders aber deren Kreuzungspunkte. Auch die sogenannten Orte der Kraft und verschiedene Terrains mit negativer „Ausstrahlung". Wir können ihre Existenz inzwischen sehr wohl nachweisen, und wir messen ihren jeweiligen Effekt auf den menschlichen Körper auch recht genau.

Mit welchen Wirkungen haben wir es da zu tun?

Wir wissen heute, dass Wasseradern, aber ebenso die Kreuzungspunkte des Hartmann- und des Curry-Gitters in der Regel unsere Homöostase negativ beeinflussen. Sie können also tatsächlich krank machen, und zwar Menschen und Tiere ebenso wie Pflanzen.

Pardon, Homöostase? Was ist das?

Mit Hilfe verschiedener Regelkreise hält unser Organismus sein Milieu, also sein inneres Gleichgewicht aufrecht. Diese Konstanz, die Stabilität dieses Zustandes, wird in der Medizin Homöostase genannt.

Wir kennen aber nicht nur negative, sondern auch positive Wirkungen. Solche gehen von den erwähnten „Orten der Kraft" aus. Sie wirken auf Menschen, die sich dort aufhalten, ausgleichend und belebend.

Haben Sie das selbst nachgeprüft?

Ja, wiederholte Male. Unser Institut hat eine ganze Anzahl solcher Kraftorte in Österreich untersucht, aber auch in anderen Ländern. Es fiel auf, dass sich solche Areale meist in Kirchen und Kapellen befinden. Das klingt etwas mystisch, lässt sich aber sehr gut erklären. Im Zuge der Christianisierung Europas wurden die neuen, christlichen Gotteshäuser meist auf den liquidierten alten Kultstätten, z. B. der Kelten, errichtet. Die aber hatten offenbar genau gewusst, wo sie ihre religiösen Bauten errichteten. Und die Nachfolger kamen nun in den Genuss dieses Wissens, oft ohne es selbst zu ahnen.

Es gibt aber auch an anderen Stellen solche Kraftplätze. Bei Schloss Eggenberg zum Beispiel – das ist hier ganz in der Nähe von Graz – gibt es eine uralte Rotbuche. Wenn Sie sich einige Zeit in ihrem Umkreis aufhalten, werden Sie sich „pudelwohl" fühlen.

Weiß man, warum und wie es zu diesen positiven Effekten kommt?

Der Mechanismus ist noch viel zu wenig erforscht. Es handelt sich überwiegend um Erfahrungswerte. Aber solche Erfahrungen hat man schon vor vielen Jahrhunderten gemacht und sie zuweilen regelrecht systematisch genutzt. Auf der kleinen Mittelmeerinsel Gozo bei Malta z. B. existieren über 5000 Jahre alte Steinlegungen. Überlieferungen geben Auskunft darüber, dass diese wunderbaren Bauten einst als eine Art Kliniken fungierten. Wir haben das mit unseren Messmethoden hinterfragt und festgestellt, dass ein längerer Aufenthalt auf diesem Terrain nicht nur allgemein, sondern auch spezifisch wirkt, d. h. wie ein Therapeutikum bei ganz bestimmten Störungen der Homöostase. Auch in Frankreich haben wir solche Plätze gefunden. An einem der Orte wurde besonders das Nervensystem unterstützt, der Aufenthalt an einem anderen beeinflusste vorwiegend Stoffwechselstörungen günstig.

Eine radiästhetische Naturapotheke?

Wenn Sie so wollen, ja.

Und worum handelt es sich bei diesen Einflüssen, physikalisch gesehen?

Sehr wahrscheinlich um die Wirkung besonderer räumlicher Magnetfeldstrukturen. Durch bestimmte geologische Gegebenheiten wie Verwerfungen von Gesteinsschichten oder unterirdische Wasserläufe verändert sich das Magnetfeld der Erde. Lokal natürlich. So ist jedenfalls unser bisheriger Erkenntnisstand.

Und wie messen Sie diese Veränderungen? Mit dem „sechsten Sinn" oder lieber doch mit moderner Technik?

Sowohl, als auch! Wir haben dafür leistungsfähige technische Instrumente entwickelt und stützen uns auf mathematische Computerprogramme. Andererseits bedienen auch wir uns, gewissermaßen zur Wegbereitung der Messungen und ihrer Überprüfung, der althergebrachten radiästhetischen Methoden, also des Pendels und der Ein-Hand-Rute bzw. dem Tensor. Meistens arbeiten wir mit diesem.

Befürchten Sie nicht, sich damit bei einigen Ihrer Wissenschaftlerkollegen „unmöglich" zu machen?

Nein. Wer Vorurteile kultiviert, kann nicht erwarten, dass wir uns dem anpassen. Die Radiästhesie, die nicht selten vereinfachend als „Pendeln" bezeichnet wird, war bis vor etwa 200 Jahren unter Wissenschaftlern ein allgemein anerkanntes Messverfahren. Sie wurde sogar an einigen Montanuniversitäten Europas gelehrt. Namhafte Persönlichkeiten waren zugleich gute Rutengeher. Goethe zum Beispiel, selbst der berühmte Physiker Max Planck oder auch Ferdinand Sauerbruch, der bekannte Berliner Chirurg.

Aber wir leben nicht mehr zu Goethes Zeiten. Sind technische Messinstrumente nicht verlässlicher?

Das ist eben die Frage! Nach meiner Erfahrung besitzen wir mit dem menschlichen Organismus in dieser Hinsicht nach wie vor das sensibelste „Messgerät". Obwohl diese Veränderungen, von denen hier die Rede ist, meist ausgesprochen gering sind, reagiert unser Körper darauf sehr sensibel. Wie übrigens alle Lebewesen. Daraus ist auch die schädliche oder aber nützliche Wirkung zu erklären. Allerdings geschieht diese Reaktion in diesem Falle mit einiger Verzögerung. Ganz anders, als wir es bei der Einwirkung von Licht, Schall oder bei Temperaturschwankungen gewohnt sind. Die registrieren wir bekanntlich sofort. Auf Veränderungen der Raumqualität reagieren wir nicht selten erst nach mehreren Minuten. Doch keineswegs weniger verlässlich.

Was befähigt uns zu dieser Sensibilität?

Sicher eine ganze Reihe von Faktoren. Aber allein schon unsere materielle Beschaffenheit prädestiniert uns dazu. Immerhin bestehen wir zu mehr als 70 Prozent aus Wasser, das bekanntlich äußerst „feinfühlig" auf Magnetismus anspricht und, wie wir wissen, ein ausgezeichneter Informationsträger ist. Vergessen Sie auch den roten Blutfarbstoff nicht, das stark eisenhaltige Hämoglobin. Es funktioniert als „Antenne" par excellence. Bereits geringfügigste Veränderungen der Magnetfeldstrukturen werden über diese Stoffe als Signale aufgefangen und vom Unterbewusstsein im Sinne einer Außensteuerung verstanden.

Bei jedem Menschen oder nur bei dafür Begabten?

Für diese Art der Sensitivität gibt es tatsächlich ausgesprochene Begabungen. Ich habe zum Beispiel jahrelang mit dem Rutengeher Professor Paul Artmann zusammenarbeiten dürfen. Der bis zu seinem Tode in Österreich ansässige Architekt besaß außergewöhnliche radiästhetische Fähigkeiten. Im zweiten Weltkrieg stand er in den Diensten der Armee und hat mit Hilfe der Rute mehr als 3000 Blindgänger aufgefunden, die auf andere Weise schwer zu orten waren.

Rutengeher in der Armee?

Warum nicht?! Im österreichischen Bundesheer haben wir sie noch heute. Es ist symptomatisch für die Situation auf diesem Gebiet: Während sich die etablierte Wissenschaft hier schwer tut, ja, gebärdet „wie die Zicke am Strick", haben Wirtschaft und Militär keine Probleme damit. Wenn sie das auch nicht gerade an die große Glocke hängen.

Aber nochmals: Sind wir mehr oder minder alle empfindlich für die Signale, die die Radiästheten registrieren?

Prinzipiell ja! In früheren Zeiten waren diese Fähigkeiten bei den meisten weitaus stärker ausgeprägt als heute. Unsere technisierte Zivilisation hat auch diese natürliche

Gabe des Menschen als eines biologischen Wesens meistens arg verschüttet. Des ungeachtet kann man bei einiger Übung vieles davon reaktivieren. Unser Institut bietet dafür übrigens entsprechende Kurse an. Die Erfolge sind recht unterschiedlich. Fortschritte hängen sehr vom allgemeinen Gesundheitszustand ab und ebenso von der psychischen Befindlichkeit.

Gilt das auch für die professionellen Rutengeher? Wie kann man sicher sein, dass der oder die Betreffende in der für richtige Ergebnisse notwendigen Verfassung ist?

Da gibt es keine 100-prozentige Sicherheit. Um so viel wie möglich Seriosität zu erreichen, haben wir eine Art Verhaltenskodex für professionelle Radiästheten entwickelt. Darin empfehlen wir, bei Krankheit, aber bereits unter Medikamenten- und Alkoholeinfluss das Muten, also das radiästhetische Messen, sein zu lassen. Auch bei bestimmten Wetterlagen und unter stark erhöhtem Stress ist eine solche Zurückhaltung angebracht. Übrigens sind auch Ernährungsweise und selbst die Art der Kleidung nicht ohne Einfluss. Erst in jüngster Zeit haben wir beispielsweise entdecken müssen, dass beim Tragen einer Brille die Genauigkeit der Mutung beeinträchtigt wird.

Wie das?

Über das Auge erreichen uns offenbar nicht nur die bewusst wahrgenommenen optischen Informationen, sondern offensichtlich auch Informationen aus veränderter Raumqualität. Da richtig dahinter zusteigen erfordert noch viele Forschungen. Ähnliches trifft auf das bisher nicht erklärbare Phänomen zu, dass Radiästheten, die aus ihren Gaben ein allzu lukratives Geschäft machen und dabei nicht genug kriegen können, mit der Zeit ihre Fähigkeiten verlieren. Das mag etwas geheimnisvoll klingen, wird aber von uns gar nicht so selten beobachtet.

Ist es für den Normalbürger nicht ziemlich schwer, sich auf diesem Gebiet vor Scharlatanen zu schützen?

Ja, aber nicht nur auf diesem Gebiet. Scharlatanerie, also vorgegaukeltes Können und Wissen ohne die erforderliche Grundlage, gibt es doch überall. Auch in der sogenannten Schulwissenschaft und in der Hochschulmedizin. Mag sein, dass die Radiästhesie besonders anfällig ist für das „Virus" unseriöser Konzepte und für Geschäftemacherei. Der Markt quillt ja geradezu über von Angeboten fragwürdiger Gerätschaften, mit deren Hilfe man angeblich negative Raumqualität nicht nur orten, sondern auch korrigieren kann. Ich will diese Angebote nicht pauschal disqualifizieren. So manchem davon liegt eine an und für sich faszinierende Idee zugrunde. A und O aber sollte sein, dass man diese Apparate auf ihre Wirkung hin überprüft, und zwar mit den verfügbaren wissenschaftlichen Methoden. Dafür ist meist sehr viel Arbeit zu leisten. Und die kostet Geld. Anders aber kann man der Verunsicherung der Bevölkerung nicht entgegenwirken. Wir bemühen uns in diesem Sinne bereits über ein Jahrzehnt, mehr Licht ins Dunkel zu bringen.

Wie machen Sie das?

Zum einen testen wir zum Beispiel Personen, die behaupten, über radiästhetische Fähigkeiten zu verfügen. So können wir die Spreu vom Weizen trennen, aber auch hervorragende Rutengeher herausfinden. Dabei ist es Standard, deren Mutungen mit unseren technischen Messergebnissen zu vergleichen. Zum anderen überprüfen wir Geräte, die angeblich eine schlechte Raumqualität beheben.

Sind das die so genannten Abschirmgeräte?

Ja, doch bin ich sehr vorsichtig mit diesem Begriff. Meist handelt es sich um Apparaturen, die die negativen Einflüsse - sagen wir einer Wasserader - nicht abschirmen, sondern in ihrer Wirkung ausgleichen sollen. Das ist vom Prinzip her durchaus möglich. Denn abschirmen kann man die Einwirkung einer Wasserader nicht, weder mit einer Matte noch mit anderen Gerätschaften. Das belegen unsere Forschungen.

Heißt das, wir sind ihnen schutzlos preisgegeben?

Nein. Wie ich schon sagte, kann man die negativen Wirkungen zu einem gewissen Grad paralysieren. Unser Institut befasst sich selbst mit der Entwicklung solcher Produkte. Wir nutzen dazu in der Regel feinst gemahlene Mineralien, die quasi als ein Paket positiver Informationen die schädlichen Effekte einer schlechten Raumqualität unterlaufen.

Das Beste allerdings ist, solchen negativen Orten aus dem Wege zu gehen. Das Bett oder ein anderer Platz, an dem man sich viele Stunden am Tage aufhält, sollte sich nicht an solchen Stellen befinden. Schließlich gehen Sie auch aus der prallen Sonne, wenn Sie Gefahr laufen, sich einen Sonnenbrand zu holen. Unsere Altvorderen haben um diese Zusammenhänge gewusst und sie auch berücksichtigt. Zum Beispiel, wenn sie ihre Wohnhäuser oder die Ställe für ihre Tiere errichteten. Die moderne

Städteplanung weiß davon nichts mehr. Sie berücksichtigt ganz andere Aspekte. Zum Nachteil der Bürger. Leider.

In der alternativen Medizin, vor allem wenn sie sich mit der Therapie von Krebserkrankungen befasst, schenkt man jedoch geopathischen Belastungen wieder erhöhte Aufmerksamkeit. Warum wollen die Vertreter der Hochschulmedizin nichts davon wissen?

Das hat verschiedene Ursachen. Eine davon ist jedenfalls die alte Tatsache, dass sich moderne wissenschaftliche Erkenntnisse nur zögerlich durchsetzen. Mitunter erst in der übernächsten Generation. Als Marie Curie zu ihrer Zeit die Radioaktivität erforschte, war dieses Phänomen für die etablierte Wissenschaft und erst recht für die Medizin kein Thema. Heute weiß jedes Schulkind, dass es die radioaktive Strahlung gibt und dass sie für uns meist sehr schädlich ist.

Wir werden uns wohl immer wieder mit Erscheinungen befassen müssen, die man heute noch entweder für nicht existent oder für Humbug hält. Daran haben wir uns längst gewöhnt.

Stehen Sie mit Ihren Forschungen allein auf weiter Flur?

Nein, ganz und gar nicht. Zu Fragen der Radiästhesie und zu energetischen und Informationstherapien wird weltweit geforscht. Unter anderem in Großbritannien, Frankreich, den USA und Israel. Besonders intensiv in Russland und einigen anderen Nachfolgestaaten der ehemaligen Sowjetunion. Dort verhielt man sich diesen Fragen gegenüber übrigens seit jeher aufgeschlossener als im Westen. Bemerkenswerte Aktivitäten entwickeln auch die deutschen Energie- und Informationsmediziner. Sie sind zwar noch nicht sehr zahlreich und werden mitunter ausgegrenzt. Im Bunde mit ähnlich orientierten Physikern und anderen Naturwissenschaftlern leisten sie auf diesem Gebiet Pionierarbeit. Wir sind also durchaus nicht auf verlorenem Posten.

Frau Dr. Kempe, vielen Dank für das Gespräch!

Biographisches zur Gesprächspartnerin

Diplomingenieurin Dr. Noemi Kempe, geboren 1939 in Moskau, studierte in der UdSSR Physik, speziell Quantenphysik, Hoch- und Höchstfrequenztechnik. 1963 übersiedelte sie in die DDR. Hier arbeitete sie bis 1991 zeitweise in leitender Funktion an der Akademie der Wissenschaften zu Berlin, u. a. in den Bereichen solar-terrestrische Physik und kosmische Elektronik. 1971 promovierte sie an der TU Dresden. An den internationalen Forschungsprogrammen Intersputnik und Interkosmos arbeitete sie vor allem als Laserspezialistin mit. Sie wurde Mitinhaberin von 8 Patenten.

1991 ging Frau Dr. Kempe nach Österreich und wirkte hier an Projekten des österreichischen Bundesministeriums für Wissenschaft und Technik mit. Ab 1999 war Sie bis zu ihrer Verrentung wissenschaftliche Leiterin des Instituts für Biosensorik und bioenergetische Umweltforschung (IBBU) in Lieboch bei Graz.

*